“入世”常是为了“出世”；走过“地狱”，常是为了进入“天堂”。

人性是你有多么爱，就有多么强，又有多么弱以及多么自私——对你不爱的人自私。

你不可不知的人性

[美] 刘墉 著

CNS PUBLISHING & MEDIA 湖南文艺出版社 HUNAN LITERATURE AND ART PUBLISHING HOUSE 博集天卷 CS-BOOKY

新版序

辛辣与回甘

《你不可不知的人性》是我继《我不是教你诈》之后写的另一本“辣书”。《我不是教你诈》谈怎样看破“诈点子”，《你不可不知的人性》是建议大家由别人的卑劣来想想自己。

因此，书里每篇文章分为“你不可不知的人性”和“你不能没有的谅解”，一个是不能不知道的，一个是不能不检讨的。当你用同理心去想，许多愤恨都可能平复。

不知道是不是因为触及人性，书中许多文章，像是《老周的新老婆》，在网上被一再转发，其中“性爱、性爱，男女最先的相处需要性，后来的相处需要爱”“下面硬的时候心就软，下面软的时候心就硬”成了台湾的流行语。最近一个谈话节目提到某汽车旅馆老板说“男人前半生用下面思考，后半生用上面思考”时，还有位名嘴说：“根本是偷《你不可不知的人性》的句子。”

更令我感动的是，有好几位朋友表示，当他们的老婆看到书里“如果你是女人，你要想想：他前十年要你帮他创业，中间十年要你帮他攒钱，再过十年，他还要你帮他存，存到他死吗？还是希望你为他安排‘怎么花钱’”时，居然改变了对老公的态度。

当然，书里的“如果你是男人，你要想想：一个女人，跟了你，腆了肚子、弯了腰、驼了背、皱了脸、碎了梦，她一生快过完了，她还有什么？孩子笑着出嫁的时候，她哭；你笑着招待朋友的时候，她累；你老了，先走一步的时候，她送终”也说到许多太太的心上。

非常高兴湖南文艺出版社推出《你不可不知的人性》第一部和第二部的十三周年版，为此我特意将繁体版寄给他们，请求重新编排，大胆地将“原汁原味”呈现。因为今天中国大陆的观念比十年前开放，大家更能接受讽刺的语言，何况这本书就算内容辛辣，也能“回甘”，如同后记所说：“‘入世’常是为了‘出世’；走过‘地狱’，常是为了进入‘天堂’。处世书带来的应该不是喧哗，而是宁静；不是愤世，而是达观。”

刘墉

序

由禽兽到超人

不只要你知道人性的丑恶，
更希望你在“了解”之后，能有“谅解”。

这本书写完，我太太是第一个读者。

看完，她说：“比《我不是教你诈》还辣，很精彩！很好看！”接着她笑笑，“但是看了心里不舒服。”

“为什么？”我一惊。

“因为你好像把人的脸皮剥下来。人性很丑恶，当然看了不舒服。”

这本书确实写得很大胆，我的笔触没有任何保留，像是手术刀一样切到人性的深处。

人性是丑恶的，它贪婪自私、急功近利、喜新厌旧、猜忌犹疑，而且随着年龄和遭遇，一次次变化，一层层染色，染得连自己都不一定认识。

但是相对的，人性也有善良的一面。

你受伤，倒在地上，在太平的岁月，总有人来救你；你饥饿，寸步难行，在年丰的时节，总有人来助你。

对！我必须加上“太平的岁月”和“年丰的时节”，因为人的恻隐之心只有在他能自保的时候才会显现。你怎么能要求一个喂不饱自己孩子的人，拿出食物给你呢？

这就是人性！

不久前的一部美国电影《空军一号》中，饰演总统的哈里森·福特虽然有高尚的爱国情操，但是当歹徒拿枪指着他的妻女时，他终于屈服，幸亏后来靠机智化险为夷。

我不见得喜欢这部电影，但是我欣赏其中的人性。

人性是面对亲人被威胁的时候，硬汉也不再硬。人性是你有多么爱，就有多么强，又有多么弱以及多么自私——对你不爱的人自私。

我们应该认知人性，认知我们都是人，有人的恶，也有人的善。

甚至，我们应该能从人性的丑恶中，看到人性的善良。

细细一想，哪个丑恶中没有善良呢？包括其他动物——

土蜂在毛虫身上产卵，让它的孩子在毛虫身上孵化，一口口把毛虫吃掉；老虎追杀、掠夺，然后看着它的孩子啖食。

“虎毒不食子”不就是这个道理吗？

“毒”是它的丑恶，“不食子”是它的善良。

许多人的毒，都是因为他的家、他的爱，爱他自己以及爱那些“爱他的人”。

这么说来，我们哪个人不毒呢？

过去人们说欧洲人有礼貌、有教养，但是看第二次世界大战的纪录片，当面包有限的时候，人们就不再排队，他们推、打、抢，好像禽兽一般。

这么做，可能因为他们家里正有几个嗷嗷待哺的孩子。

换作你，你抢不抢？

如果你怨他抢，骂他禽兽不如，你对吗？

同样的情况，你知道在冷战时期，许多人怕核弹，特别建造了防空洞，外面加铅板以防辐射，里面储存饮水、食物，还有武器。

那武器用来打谁？打丢核弹的人吗？

错了！他们很坦白地说："是打我的邻居。因为我知道，当邻居没食物而知道我有的时候，他们会来抢。为了自保，我需要武器。"

换作你，你抢不抢？换作你，你拿不拿武器？

这本书与《我不是教你诈》乍看十分类似，但是其中有个很大的不同，就是加了一项"你不能没有的谅解"。

因为我写《你不可不知的人性》的目的，不只是要你知道人性的丑恶，更希望你在"了解"之后，能有"谅解"。我认为只有这样的人才算成熟，因为你在"肯定自己"的同时，也能"肯定别人"。

如果《我不是教你诈》是"战术"，这本《你不可不知的人性》就是"战略"，甚至可以说，它讨论了"战争"——是什么人性造成了战争？

很幸运，这个开明的时代使我能大胆地发表这些作品，也使大家能脱下"仁义"的大帽子，好好检视一下我们的人性。

尼采说："人是一根绳索，架在超人与禽兽之间。"希望这本书在使大家看到禽兽的同时，也能见到超人。

尽管我们无法摆脱禽兽般人性的弱点，我们仍然试着走向崇高的超人。

这矛盾，何尝不是人性可爱的地方！

目 录
Contents

Chapter 1
_ 股市名嘴换人做／001

我们一生都在选择，就像买股票。一个懂得做人的人，一定要知道，当你的选择正确时，千万别“秀”给那些选择错的人看。
人性就是这么妙！像失火，你会先冲出来，再冲进去。所以，失意人前，千万别说得意事。

Chapter 2
_ 扮老母鸡的大男人／013

一个人没事找事、无事生非，常常没别的原因，只因为“闲得发慌”，怕人觉得他闲、他没用。他没用，他没地位，他就得滚蛋。你说，他怎能不表现得“不闲”一点，“有用”一点？

Chapter 3
_小火锅里的革命/025

在一个团体里，你不是不能发表跟主管相反的意见，只是发表前你先要想想主管有没有接受指摘的雅量和本钱。然后，你就可以决定“说”还是“不说”，或者“怎么说”。

Chapter 4
_老周的新老婆/039

人都追求感觉、追求新鲜、追求变化、追求品质。婚姻也一样，当你不能再用“性”去爱，就该用“情”去爱、用思想去爱。人可以老化，但不能腐化；婚姻可以老化，但不能腐化。

Chapter 5
_无耻老豆的“恩情”/057

漂亮的女人容易见到男人龌龊、卑鄙，像馋狗一样的丑态。但是，女人不会说，她们不对朋友说、不对父母说，更不对丈夫说。如同老窦讲的：“怕对你不好，我怕什么？”

Chapter 6
_ 未来总裁夫人的内交/071

如果你够了解人性，应该知道夫人这时候的笑容里已经带有疑惑和怒火。她怒的是——“你为什么说实话？你为什么不跟别人一样撒个小谎，让我高兴？你太不懂女人心理了！”

Chapter 7
_ 谢不杀之恩/091

一盏一直亮着的灯，你不会去注意，但是如果它一亮一灭，你就会注意到。“人在福中不知福”，只有当某一天，把你从福里拉出去，你才懂得。“失而复得”，使你知道“惜福”。

Chapter 8
_ 良心被狗吃了/105

在这个时候，“面子”比“里子”重要。他若不翻脸，他就面子里子全输了，他就再也难翻身。凡是会伤人自尊的，都是“揍”，都是“痛”，都是“讽刺”。

Chapter 9
_猪八戒，笨死的！／121

托关系就是卖人情、卖面子。面子卖给谁？卖给我最尊重的人、对我最有好处的人、有一天我有求的人。所以，你不但不能随便托人，而且不能随意揽事。

Chapter 10
_我们不认这个好朋友／133

我们常骂一个人发了，就眼睛长在头顶上，再也不认老朋友。其实这句话不全然正确，有时候，也可以说“当一个人发了，老朋友就不再认他”。
“不在同一个世界”，这句话可以解释一切。

后记
_人性的地狱与天堂／149

Chapter 1

股市名嘴换人做

股票这东西最能反映人性，因为股票是对全民发行的，人人可以买股票。

照例，不到上班时间，大家全到了，严阵以待。

照例，八点五十，王经理推门进来，昂着头，疾走，冲进他的办公室，临关门，匆匆忙忙地撂下几个字：

“丢‘电子’，买‘三商银’。”

照例，整个办公室都动了起来，每个人都拨电话。

照例，中午由大家请王经理吃饭，谢谢“王铁嘴”又为大家带来财运。

“王经理一定有内线，不然怎会那么准。”小张敬酒的时候，指着王经理说，“开玩笑！过去两个礼拜，百分之百猜中，没内线消息，怎么可能？”

“对！对！对！”三桌人都起哄，“快说！快说！王经理，你一定通天，对不对？”

“不对！不对！”王经理还是那副气定神闲的样子。

“这，就叫鬼才。很简单嘛！我前一天看看法人、外资的动向，再一早开电视，了解一下美国收盘的行情，掐指一算，就知道了！”

“唉！怪了，我也看，我怎么不知道呢？”小邱在另一头喊着。

王经理用眼角瞟了一下，抖抖肩，抿嘴笑笑："这才叫神哪！告诉你们，我从小就有第六感，现在猜股市，主要还是靠第六感，你们学不来的。"

不过，话才说完，第二天，王经理就不神了。

"偶尔一次猜错，难免。"大家还照样听他的，跟着他买。

可是，连着两个礼拜，不但不神，还见鬼了——王经理说哪只涨，哪只就跌，而且跌得奇惨。

中午的庆功宴没了，早上一双双盯着门口"以迎王师"的目光方向改了。几个同事，由小张带头，开始成立自救会，每个人分别上网查资料、做统计，第二天一早提出自己的看法，再结合大多数人的意见，下单！

当然，还有人，就是小邱，仍然听王经理的。每天王经理一进门，小邱就追上去问，再像挖到个宝贝似的回来向大家宣布。

王经理的预测跟自救会的结论总是相反，起初还有人信，但连赔几次之后，全改听自救会的了。

又有庆功宴，大家请了王经理，他板着脸，沉沉地说："我有事。"

聪明人尤其要避免爱出风头和快人快语的毛病，有时候为了把光芒让给别人，聪明人甚至得大智若愚，装笨！

邀小邱，小邱低着头，说他宁愿吃便当。

看王经理连着一个多月都爬不起来，他的大学同学小张终于敲门进去，和王经理解说自救会的战法。

“最近我们手气比较顺。”小张很婉转地说，“您还是听听我们的吧！恐怕这阵子，您赔得不少哟！”

没想到王经理冷冷地一口回绝：“我赔，也不会跟你借。”

同事也私下劝小邱，别再跟着王经理下单，他的第六感不准了。

可是小邱不听，所以当大家中午收盘欢呼的时候，坐在一角的小邱总是低着头。

王经理终于垮了，据说欠了两千多万，债主到公司来吵，他自己向总经理递了辞呈。

小邱居然没垮，还升了官，从他角落的位子搬进了经理室。总经理的秘书私下透露，因为王经理向老总极力推荐小邱，说小邱对业务最了解，也最认真。

“这不是谁推荐，是我亲眼所见。”总经理自己下来做了澄清，“我好几次中午下来，看见只有王经理和小邱两个人留在办公室，吃便当，谈事情。”总经理拍拍小邱，“这假不了！”

小邱居然在家举行了庆功宴。

进门，吓一跳，什么时候小邱家变得这么大？

“我最近买下隔壁那户，打通了，比较宽敞，风水也比较好！”小邱带大家一间间参观。

“天哪！”周小姐摸着小邱的意大利家具问，“小邱！你要是不跟着王经理赔那么多，而把你的钱拿来跟我们一起做，你还了得啊？”

“谁说我跟他？”小邱一瞪眼，“我说过我跟他吗？我起初听他的，后来全是偷偷听你们的啊！要不然，我能这么发？”

你不可不知的人性 ▶

小邱高不高明？

高明！太高明啦！

你细细看这个故事，小邱的位子在办公室的小角落，早先王经理猜中股票时，在大家庆功的午宴上小邱是坐在远处那桌。可见小邱在办公室里可能是新进人员，也可能并不重要。

最起码，他不像小张，跟王经理是同学，吃饭时也坐在“第一桌”。

小邱凭什么，由一个边缘人，进入主流，坐上大位？

很简单，凭他创造了共同意识——与王经理患难与共的意识。

> 你愈有钱有势有名，愈要避免有小辫子落在小人手上，免得他由细线拉细绳、拉粗绳、拉锁链。到头来，拉倒你这头大象。

王经理说买“电子”，大家去买“银行”，只有小邱表示他也买了“电子”。

你想想，从说的那一刻，是不是就有了“对立”，有了“较劲”？

“看吧！你说买‘电子’，‘电子’就大跌，还是我们厉害，我们的‘银行’大涨。”

“唉！咱们真是苦命，只怪时运不济，其实原来要涨‘电子’，只怪昨天美国科技股大跌。”

你说，那共同意识不是形成了吗？

股票这东西最能反映人性，因为股票是对全民发行的，人人可以买股票。

所以从小处看，两个人都炒股票，这人炒对了，那人炒错了，固然是“这家欢乐那家愁”。从大处看，你今天买了股票，而且大涨，应该跟那些从来不碰股票的人无关，如果你因此请他吃饭，他应该为你高兴，对不对？

错了！当你的股票大涨时，最好别吭声，因为即使完全不碰股票的人听说了，心里也会不是滋味。

为什么？

因为你涨，就表示他跌。

你一定会反问：“他不玩股票啊？！”

对！他是不玩股票，可是他会想，如果他昨天跟你一起买，他也赚了。今天，他如果下手买，买的则是你赚了之后的高价。

进一步想，如果你跟他原来都各有两百万，你在股市一年翻两番，成了四百万；他把钱放在银行，只拿到十二万的利息，比起来，他不是穷了、寒了，没能赶上发财特快车，被你抛在后面了吗？

反过来想，当股市跌了，你倒不妨让人知道你赔了。因为你赔，表示他赚了，最起码他会想，幸亏他没下海，否则他也惨了。

听你赔，他会开心，倒不是幸灾乐祸的开心，而是庆幸他自己“不买股票”的选择是正确的。而且，也代表他现在买，跟昨天的价钱比起来，就买得便宜，是赚了。

谈到选择，我们一生都在选择，就像买股票。

我们一个人，一双手、两条腿，不可能走每条路、拿每样东西，当然就得选择，而且选了这样，就不能选那样。

一个懂得做人的人，一定要知道，当你的选择正确时，千万别“秀”给那些选择错的人看。

不但选科系、选学校、选职业如此，连选丈夫都一样。

两个同班、同样漂亮的女孩子，或条件相近的两姐妹，各自挑了个如意郎君。二十年过去，境遇各有不同，你的丈夫走对了路，发了，变成豪门大户；她的丈夫虽也不差，只是时运不济，还在租房子

自尊是最伤不得的，自尊也是最抽象、最难捉摸的。尊贵的人，自尊心强；皇后的贞操，容不得怀疑。卑贱的人，可能自尊心更强，那是自卑式的自尊，唯恐别人把他看低了。

借钱。你碰上她，最好多说自己的苦处（就算不苦也要编一点），而少显示自己的得意。

这样，你才不会伤朋友，也不会伤姐妹。当你不懂这道理的时候，很可能连亲兄弟姐妹都变得疏远，当年越是条件相近的，越远。

为什么？因为你的成功，对比了她的失败。最起码她会想，她选输了你。她也可能会私下对朋友说："有什么好得意？她（指你）老公当年追我，我还不理呢！她是捡我挑剩下的。"

你犯得着惹这气吗？

选来选去，你猜，这世上最大的选择是什么？

是家乡！

如果你到海外，譬如美国，读华文报纸，你会发现报上对中国台湾地区的负面报道好像特别有兴趣。

在台湾，台币下跌、房市不振的消息，可能只占小小一点篇幅，在海外的华文报纸却登得特大。

至于试射飞弹、政争冲突，就更占篇幅了。

往好处想，这是因为同胞们心系家乡；但是往另一个角度想，你也要知道，那合乎"选择"的心理。

当年他卖了中山北路的房子，跑到美国开杂货铺，而今知道中山北路的房价涨了五十倍，美金对台币，由四十二跌到三十二，他会高兴吗？只怕他要偷偷躲在杂货铺的速食面箱子后面哭，哭自己选择离开台湾，而今在台湾的朋友都发了，他却……

相反，如果今天他看到台湾的房价惨跌、股市崩盘、台币重贬，他也许会为家乡的亲友操心，甚至伤心泪下。

但是，换作你是他，你会不会在伤心中也有些窃喜？窃喜自己当初做了明智的选择。

你不能没有的谅解 ▶

看了上面这些，如果你在台湾，千万别因此鄙视海外同胞的心；如果你在海外，也千万别不高兴。

人毕竟是人，是人都有人性。这本书谈的既然是人性，我就不能不摊开来说。人性有卑劣也有崇高，它们往往同时存在——

旧时代，犯人要被砍头。“要砍头了！要砍头了！”大家奔走相告，被五花大绑的犯人跪在中间，四周围了一圈又一圈的群众。

你能说，那些人去看砍头，没有几分兴奋？

你又能说，那些人看人头落地，没有许多同情？

这就是卑劣与崇高。

不要再因为孩子打扮得时髦而不高兴，只要她穿得不俗、不贱、不过于暴露而造成危险，就让她那样吧！毕竟她找的是个年轻丈夫，而不是你这个年老的爸爸。

当！当！当！当！救火车一辆又一辆飞驰而过。大人小孩跟在后面跑，看一团浓烟冒出来，突然火舌腾起。四周观众大喊，又看到有人挂在窗外，喊声更厉害。

请问，你看失火，心里能没几分兴奋？你看人被烧，又没有许多同情？

人就是这么妙：在那短短一瞬间，你可能先幸灾乐祸，想幸亏不是烧在我家；接着又想，如果那攀在窗上的是我的孩子，该有多可怕。

你可能因此奋不顾身，冲过去，爬上去，把孩子抱下来，而且保证从那一刻，你跟那原来完全不认识的孩子之间就有了“情”。

同样的道理，一个人在股市垮了，一个老同学的婚姻垮了，一个国家的财经垮了，都可能让那些“隔岸”的人有些“观火”的趣味及“暗自庆幸”的想法。

但是，跟着便是情，便是“恻隐之心”。

想想，当长江发洪水时，多少身在海外或海峡对岸的华人捐了钱，甚至亲自送去灾区。

想想大清王朝是谁推翻的？那时候，在美国的中国城，多少靠洗衣服、烧饭、理发维生的华侨，掏出血汗钱来帮助革命的大业。

孙文是谁？他是华侨，但是他成了民国开创者。

人性就是这么妙！像失火，你会先冲出来，再冲进去。

冲出来，使你惊魂甫定，能看得更清楚；把你的妻儿带出来，放在安全的地方，更使你没有后顾之忧。然后，你人性的崇高面开始发挥作用，你又冲进去，去救别的人。

话说回来，人类也正因为知道互助：大水来的时候，幸运站在高处的人，才会伸援手，救那些溺水的人；经济萧条的时候，幸运保有财产的人，才会伸援手，帮助那些穷苦的亲友；动荡发生的时候，千方百计逃出来的人，才会千方百计地搭救灾区的人。

不可否认，那些伸出手的人，都曾经有过短暂的幸灾乐祸。

也不可否认，正因为有人走运，有人倒霉，那些倒霉的人才有救。

所以，失意人前，千万别说得意事。

别人夫妻失和，跟你诉苦。你与其大发宏论，教他夫妻相处之道，不如说："你看我和我那另一半，好像很亲密，其实，我们以前也常吵架，甚至要离婚呢！"

于是她心想，她比你当年还强，应该以后会跟你一样好。

别人事业失败，跟你诉苦。与其以成功者的姿态来指导，不如告诉他，你当年跌得比他更惨，是一点一点又做起来的。

于是他想，他也能东山再起，和你一样成功。

大家的婚姻都曾失和，大家的事业都曾失利，你和他不是因此而有了共同意识，在感觉上走得更近了吗？

一个人既然在社会上做事，就要懂社会的伦理、行里的规矩。"行里"就像高速公路，你不能开得太快，也不能开得太慢。路上有一定的"速限"，也有一定的规矩。

想想前面的故事。

当王经理灰头土脸，知道外面有个“同是股市失意人”的时候，能不觉得有些安慰？

小邱没害任何人，他只是让王经理不孤独。他也使自己不孤独，从远远的角落移到王经理身边，再移上主管的位子。

小邱成功了，成功在于他发挥了人性的卑劣与崇高。

Chapter 2

扮老母鸡的大男人

在办公室里，你可以得罪忙人，因为忙人没时间跟你计较；你可千万别得罪闲人，因为闲人有的是时间跟你周旋；你更千万别瞧不起职位低的人物。

外调到一个落后的地方，老丁本来很不高兴，但是半年下来就开心了，尤其是丁太太，更是如鱼得水，过得比在台湾还舒服。

当然舒服了！在台湾请一个菲佣已经负担沉重，现在不仅请一个用人，而且一个介绍一个，一共有了四个，开支还不到台湾的一半。

年岁最大的玛丽负责烧饭，玛丽的大妹南希帮着姐姐买菜，还负责洗衣和打扫；玛丽的二妹，今年才十八岁的露露，像个大孩子，也爱小孩，就专门照顾老丁的小女儿珊珊。

最后来的、玛丽的丈夫阿壮，则负责坐在餐厅。

对！坐在餐厅。每天一早，从珊珊起床，阿壮就往餐厅的椅子上一坐，只要珊珊跑进餐厅，阿壮就把两只手臂伸得长长的，挡着小丫头；小丫头走了，阿壮又照旧坐在那儿。

“玛丽的老公成天坐在那儿干什么？”有一天，老丁问丁太太，“我每次都看见他坐在餐厅里，他是等摆碗筷，还是等着吃饭？”

“他说他是坐在那儿保护珊珊。”丁太太耸耸肩，“说咱们家的餐桌，桌角太尖，椅子背上又有两个突出的东西，珊珊跑来跑去，容易受伤，所以他整天守在那儿，专门挡珊珊。”

“去他的！珊珊快两岁了，又有露露管，敢情还不会走路，要他看？”老丁脸一沉，“把阿壮叫来！”

“我不希望养个吃闲饭的，你整天坐在那儿，干什么？”老丁不客气地问阿壮。

“哎呀！哎呀！先生，我是有原因的，我是有原因的，因为怕小孩摔倒哇！”阿壮不断抖动着双手，好像一只大母鸡，“珊珊乱跑，露露常追不上。所以，我保护她，不让她靠近桌子。这个很重要呢！”

“没有必要……”

“有必要的！”阿壮居然打断老丁的话，“我有个朋友的小孩，就因为撞到桌角，死掉了！”

老丁火冒三丈：“少胡说八道！”指指门外，“我昨天订了一批花，放在屋里，你以后负责浇花。”

阿壮走了，老丁还生闷气，喃喃地说：“真见鬼了，养个大男人只管浇花，要是让台湾的同事知道不笑死才怪！”

“唉！反正没多少钱，看在玛丽能烧中国菜的分上嘛！”丁太太拍拍老丁，“而且花管得好，看了也开心哪！”

买东西的人都知道“货问三家不吃亏”。卖东西的人难道不懂吗？于是许多商家就为你制造了“三家”。当你自以为聪明的时候，岂知你比来比去空翻筋斗，翻不出如来佛的手掌心。

问题是，花真管好了吗？十几盆花，从进门，花就掉，虽然掉一朵，阿壮马上会过去捡起来，可是掉完了，他没花捡了，又不开新花。

“我看你是水浇少了。”老丁有一天摸着土说。

“有浇啊！有浇啊！”阿壮也伸手摸摸，“是湿的！是湿的！”

“是干是湿，我会不知道？”老丁一瞪眼。

果然第二天，就见每盆花下面都是水，流了满地，差点让丁太太滑一跤。

丁太太也骂了人。

花盆下面没水了，只见阿壮整天拿着一块抹布走来走去，隔一会儿就到花盆底下擦一擦；等一下又拿喷壶来浇水，然后再擦，再浇。

“你烦不烦哪！”老丁礼拜天看到了，“以后少浇一点就不会流出来了。浇多了水，你再擦，花也会死啊！”

阿壮吓坏了，躲进厨房，坐在玛丽旁边，一句话也不敢说，好像怕老丁看见似的。

可是第二天，老丁才进办公室，就接到太太的电话，说珊珊撞到餐厅桌角，头撞破了，送进了附近的医院。

老丁立刻赶去，所幸只是擦破皮，没有脑震荡。

第三天，阿壮又出现了，又坐在餐厅的老位子上，好像在前线站岗似的，瞪着一双眼守着。

只是，真奇怪！

从受伤那天开始，珊珊看到阿壮，就露出惊恐的表情。不必阿壮拦，珊珊根本不敢靠近餐厅了。

你不可不知的人性 ▶

这个故事，你看懂了吗？

阿壮为什么特地坐在餐厅挡着桌角？

他浇花时，为什么会让水流到外面？为什么又浇又擦？

更关键的是——

珊珊怎么摔的？为什么从那天开始，珊珊看见阿壮就害怕？阿壮不是保护她的人吗？

如果你想不通，就是太不懂人性了。

我不直接解释，先说几个真实故事：

我十年前买房子的时候，请了一位律师负责签约。这位律师个子不高，声音也不洪亮，甚至说话有些含含糊糊的。

我起先很担心，但因为跟他是旧识，不好意思另找他人。

签约当天，卖方和买方面对面坐着。卖方的律师走进来，吓我一跳，居然是个身高一百九十厘米的巨人。

我的律师坐在他对面，还缩在椅子里，把手臂盘在胸前。

我正担心吃亏，却见我的律师盯着桌上的合约，手依然盘着，只伸了伸食指：

“这里要改……那里要删……那里要加……”

天哪！对面的大巨人好像变成小绵羊似的，一一点头称是地照改。

我佩服极了，事后到处为我的律师宣传：“他是真人不露相啊！”

直到那律师跟我越来越熟，有一天来我家吃饭，喝了几杯，拍着我说：

“不要再为我宣传了。你要知道，美国律师故意设计这么一个有许多小毛病的‘合约’，哪里该删该改大家都心知肚明。”

“何必呢？”我不懂地问。

美国有个棒球界的外野手，他的纪录虽然没多么了不得，但是大大有名，有许多粉丝。

因为他特别会接高飞球，总是在最惊险的情况下把对方接杀出局。

咻——球飞出去，只见他用手遮着帽檐，眯着眼睛看，向前跑，又向左、向右，再突然把手臂伸直，接连后退、重重地倒在地上。

隔一秒钟，他伸出左手，全场欢声雷动，那球正在手套中。

他退休了，有人访问他，问他接球的秘诀。

“这简单！”他笑笑说，“我明明能一下子就判断落点，最后还是前后左右跑一跑，用最惊险的姿态接到。”又笑笑，“表演嘛！就像摔跤大赛，棒球赛也要演出才吸引人哪！”

有一天，我暖气的温度计不准了，打开来，发现是因为电池漏液腐蚀了机件。

电池上印着保证不漏液，否则只要把被损坏的东西寄回，一定负责赔偿。

问题是，正值隆冬，冷得要死，温度计虽然不准，却还能启动暖气，所以我只把电池寄过去，另外附封信，形容损坏的情况。

没想到，才寄出两天，就接到那电池公司的电话，问我是什么机型。

又隔三天，一早，收到个小包裹，居然是个全新的暖气温度计。

“效率太惊人了！太让人佩服了！”我打电话去致谢。

“不要谢我们。”对方居然说，“我们该谢谢你，因为我们的电池太好了，几乎根本不漏液，如果再没个漏液的案子，我们这个服务部门就要被裁，我们就没饭吃！”

看完这些故事，你搞懂了吧！

人们常说“闲得发慌”“没事找事”“无事生非”。

这几句话讲得真是太对了，一个人没事找事、无事生非，常常没别的原因，只因为“闲得发慌”，怕人觉得他闲、他没用。

他没用，他没地位，他就得滚蛋。你说，他怎能不表现得“不闲”一点，“有用”一点？

以前，我在电视公司当记者的时候，有时同事播报新闻不小心犯错，譬如把“这次画展中，共展出三十幅作品”报成“在这次画展，

> 什么叫“放长线，钓大鱼”？当鱼吃饵的时候，你要让它吃，收线的时候则要一紧一松。紧，使钩子能扎得深；松，使鱼能掉头游开。于是当你再一紧，鱼钩会扎得更深。

中共展出三十幅作品”。

新闻播完，回办公室放下稿子，乘电梯、下楼，常发现在大厅里已经有几个人起身，过来握手，表示“关心”：“最近情绪还好吗？”

那时候，我们几个记者就讨论：

“天哪！同一个时间，三家电视台播报新闻，他们敢情不吃晚饭、不休息，全坐在电视前面盯着看、盯着记录？”

后来，想通了——

他们领薪水，就是做这工作。十天半个月，有时候甚至一年半载抓不到个“鬼”，而今你总算出点毛病，能不飞车赶到，给你做份笔录，往上打份报告吗？

他不报，久了，就是“尸位素餐”，该滚蛋了。

请问，换作你，你报不报？

于是，你会发现“勇于公战”的人，总“怯于私斗”；“怯于公战”的人，反而“勇于私斗”。

出去谈判，为公家拼命的时候，他躲在后面，半句话也不敢吭，回到公司，却可能说：“我刚才就听出了，对方那家公司的话中有话，只怕……”

你问他：“当时你为什么不说呢？”

他叹口气：“唉！我，人微言轻，哪儿敢说呢？不说都已经会得罪人了。”

他当然得罪人了，如果你是谈判代表，你火不火？

问题是，人就爱听这种“事后诸葛亮”的话，好比爱看“东跑跑、西跑跑、摔倒，再接到球”的演出，才觉得过瘾。若是不幸，碰巧你的老板也爱这种“路透社”消息，那“闲人”就真肇祸了！

对，闲人肇祸！

什么叫“不怕官，只怕管”？

那“管”的，常是没用的闲人，他的位子可能不高，声音可能不大，走起路来也可能最安静，但是盖章的声音特别响。

不幸，你有个公文，急着办，送到他桌上，麻烦就大了。

他老兄搁着、压着，一会儿上厕所，一会儿擤鼻涕，再拿起来左看看、右瞄瞄，隔半天，往里倒抽口气，小声说：“兄弟，这章难盖呀！”

偏偏，他真能挑出些规章条例挡你。那“大帽子”抬出来，连顶头上司都不敢多说话，你又能怎么办？

人人知道好办，人人也知道难办。现在，人人更知道“小鬼难缠”。

像他这样的闲人，你能瞧不起，能不对他敬畏三分吗？

“降”是打不过对方，为了保命，于是投降。投降是人之常情，没什么可耻。“叛”可就不同了，叛可能是胜负未分之际，已经有了“二心”，阵前倒戈、投效敌营。

所以，在办公室里，你可以得罪忙人，因为忙人没时间跟你计较；你可千万别得罪闲人，因为闲人有的是时间跟你周旋；你更千万别瞧不起职位低的人物。

以前，有个电视明星对我说得妙——

“我出差，回来送礼，一个不敢少。制作人要送，否则他不找你；导演不可少，否则他不给你好角色；摄像师也不能少，否则他不取好角度。”她苦笑一下，“可是，昨天片子播出来我吓了一跳，怎么自己看起来那么老？眼袋皱纹全出来了，想想，糟了！只怪我自己，没送灯光师啊！”

你不能没有的谅解 ►

现在，让我们回到最早的故事。

你猜，老丁的女儿珊珊是怎么跌倒的？她为什么自从跌倒，看到阿壮就害怕？

她会不会再大一点，会讲话了，有一天突然说出来：“是阿壮在后面把我推倒的。”

现在，进入更严肃的话题了：

你必须知道，闲人不但能挡你的路、说你的小话，还能扯你的后腿。

老丁说小孩子不会摔倒，犯不着阿壮多管闲事，坐在那儿守着。

阿壮说他朋友就有小孩撞到桌角死了，老丁斥为胡言。

换作你是阿壮，你会怎么想？

你会不会想“等着瞧”？而当珊珊好好地跑来跑去，证明你说错话，甚至显示你“危言耸听”的时候，你是不是心里一百个不是滋味？

当你发觉自己位子不保的时候，你会怎么办？

当你发现孩子果然要撞上桌角的时候，你明明一伸手就能救她，你会不会就不伸手？等着证明——

“我说得没错吧！”

这，就是人性！

了解了这个人性，你对孩子说话便得小心，尤其是那些青春期的孩子，他们本来就处于“你说东，他偏往西”的叛逆期，当他对你说“我明天要去爬山，一定得买登山鞋，否则会摔倒”的时候，你可千万别不以为然地回一句：

“你呀！心里想什么，我还不知道？你想要酷，对不对？别的同学有，你就非要有，对不对？我偏不买给你。”

如果你这么说了，可能他明天出去爬山，真给你挂彩回来。

他也不是假装摔倒，只是特别不注意，于是，就真受伤了。

同样的道理，你明明知道你的另一半或亲近的人说他想死是撒娇，是“闲得没话说了”。

你能说“算了吧！少胡说八道”吗？只怕说了，就真会造成无法挽回的悲剧。

记住！每个人都有自尊，都要被别人肯定，都要觉得自己的存在有价值。所以明明他闲，你却绝不能表现出“觉得他闲”，而应该想办法给他事做，使他不闲。

如果你是老板，你更得小心那最闲的人。

发现他没事，你只有两条路——一个是立刻请他走人，一个是立刻使他不闲，你甚至得为他“量身裁衣”。宁可“无中生有”地制造个研究主题叫他去负责，再偷偷地把报告扔掉，也千万别留着这个闲人继续闲下去。

否则，他必然要制造事端，让整个公司受害。

更重要的是，当闲人向你谏言的时候，你千万要小心听，装作重视，否则闲人很可能证明给你看！

要你好看！

再换个角度，如果你是个闲人，或者你虽不是闲人，但意见跟老板相左的时候，该怎么办？

让我们进一步探讨，请看下一个故事。

Chapter 3

小火锅里的革命

在这个团体里，你不是不能发表跟主管相反的意见，只是发表前你先要想想主管有没有接受指摘的雅量和本钱。

才三十出头的小方，居然当上了总经理?

算了吧！不如说他那有钱的老岳父当了“董事长”。

这也都归小方走运，娶到刘大户的掌上明珠，据说本来刘老头看小方学历差，又穷，不答应，两个年轻人是“搞革命”结的婚。

刘老头火了，从此不跟小两口往来。偏偏有一天，刘老头的朋友请客，去个西餐厅，店长过来招呼，当着刘老头一群有钱朋友的面叫了声“爸爸”，才发现进了女婿的店。

“这是你女婿？”几个老头问来问去，刘老头闷不吭气地点了点头。当啷一声，餐厅那头的小方不知是不是紧张，正好把两盘西餐全打翻了，那牛排还像长了腿似的，一路溜，溜到刘老头的脚下。

小方就一路追，趴在地上，好像给岳父大人磕头似的捡牛排。

一群人，不！一餐厅的人，全笑了。只有刘老头，气得差点想一脚踢过去，却又不得不压住怒火，对老朋友笑笑：“我是存心，要他在基层历练历练。”

才走出餐厅，刘老头就发火了，先把小方夫妻叫来臭骂一顿，接着又左一个电话、右一个电话地打。

第二天，小方餐厅的董事长就去了刘老头家。再隔一个多礼拜，那董事长居然说他要退休养老，把所有的股份都让给了刘老头。

刘老头再手一指——

于是，小方摇身一变，由个分店的店长成为全公司的总经理了。

小方也真不含糊，其实他早就有“经国之大志”，这些年从店员爬到领班，再爬到店长，心中有抱负，对餐厅的经营也早有一番认识。

所以才上任，小方就带领各店店长到日韩做了考察，而且立刻有了收获。

“看看首尔那家小火锅连锁店，多发！多赚！”在回程飞机上，小方特意从头等舱走到经济舱，对二十多位店长宣布，“我现在已经决定，回去就发展这种小火锅，我连韩国制造火锅的厂商都搞清楚了，保证成功，而且这是创举，一定能引起轰动。”

机舱里立刻爆发一片掌声，除了一个人——小牛，没等掌声落下，他就扯着嗓子喊：“小方啊！可是你要想想咱们是西餐厅，桌椅

多半上当的人，都是以为“只有自己聪明，别人不聪明”，而且存了占便宜心理的人。“道高一尺，魔高一丈”，骗子们也就看准了这种占便宜和自以为聪明的弱点下手。

都是进口的材料，又是高级地毯，你这火锅往上一放，水开了，蒸汽再往上跑，涮的时候，又难免溅出来，这损失不就大了吗？”

下面开始交头接耳，一些人低声附和：“对呀！可不是吗！”

小牛还没说完，对大家笑笑：“而且，西餐厅里讲究的是气氛，东一锅、西一锅，既冒火，又冒烟，不是不伦不类吗？”

“什么不伦不类？”小方火了，“你吃过瑞士火锅没有？不但冒水汽，还冒油烟呢。一句话，我这么决定了，下个月就进货，立刻印海报、登广告，百分之百成功！”

突然间，各报都刊出了大幅的小火锅广告，韩式西吃，配南非龙虾、神户牛肉、阿拉斯加帝王蟹。

每家连锁店前，除了挂满大彩条、大海报，还插满了旗子——推出期间特价优惠。

这特价优惠，原定两个星期，没想到，欲罢不能，居然持续了半年。

这欲罢不能是不得已呀！

推出第一天，明明是元月，偏偏热得跟盛夏一样，客人进来都喊热；还有好多人，抬头一看是小火锅，转身就出去了。

接着，又是梅雨，加上小火锅一蒸一烤，墙上的壁纸居然自己开口，从顶上脱落下来，害得各分店急着用胶带把壁纸粘回去。

粘回去？多难看！可是跟桌椅、地毯比起来还算好看呢！正中了小牛说的，豪华的家具全完了。才半年，这高级西餐厅不但变得不伦不类，老顾客不再上门，连有限的几位捧小火锅场的顾客都不来了，说这餐厅太老旧、不求进步。

其中唯一的例外，是小牛负责的那家店。

小牛虽然好像服从总公司的命令，进了一批小火锅，可是他不宣传，更不推荐，只当小火锅不存在。甚至碰上看广告要来尝新的顾客，小牛都摇摇手笑笑，小声说："讲句实话，我自己都不敢恭维这种东西，我劝您，还是点西餐吧！我们是西餐厅嘛！哈哈！对不对？"

小牛那家的生意居然一天比一天好，每月一次的店长会议，小牛在下面，虽不说话，他的笑却一次比一次……让小方不舒服。

"当然啦！有些不喜欢看到火锅的客人，会一起跑去火锅少的分店，这不是那家店好，是走歪运。"小方安慰大家，"继续坚持，什么新东西要造成风气都得花点时间。"

只是，话才说完，有一家店就出了乱子。火锅下面的小瓦斯炉，先是点不着，再点一次两次，居然"轰"的一声，蹲在那儿点火的店员立刻进了医院。

跟着另一家店也发生意外，壁纸没粘牢，掉了下来，正碰上下面小火锅的火，着了起来，虽没酿成大祸，救火车一浇，也全"泡

赌梭哈时，明明手上抓了一副上上好牌，却不动声色，还故意做出怯懦犹豫状，让别人继续跟、把所有的筹码都押上，再摊牌，让对手连裤子都输掉！

了汤”。

偏偏这时候小牛的餐厅被市里选为卫生安全奖的第一名，小牛自己发了新闻，还开了庆功宴。

庆功宴居然发请帖给各分店的店长以及方总经理。

听说大家都去了，除了方总之外。

小方头疼了，思前想后，几天失眠。人不用说话，数字会说话，从他上任半年来，公司的业绩跌了三分之二。

“我错了！”小方主动去见老岳父，“我做了错误的决策，我想明天就宣布，各分店全部放弃小火锅。”

刘老头铁青着脸，正盯着财务报表看，听小方这么说，那铁青突然变成通红，狠狠拍一下桌子，霍地站了起来：

“你没错！你现在宣布改回去，就真错了！”

小方把原来写好的公文压下了，换上另一张——

“××分店不配合总公司决策，有违团队精神，也有损公司整体形象。经董事会决议，店长牛××应予免职，即日生效。”

小牛走了，他那家副店长很识时务，立刻搬出小火锅。

只是，才端出，就接到方总经理办公室秘书的电话：“你们分店维持原来的经营方式，不必推出小火锅。”过了几天，新的命令发布了：

“经测试，推出小火锅的时机尚未成熟，下周起，各店均撤销小火锅，并进行全面整修。”

你不可不知的人性 ▶

看了这个故事，你会不会想：

刘老头未免太毒又太笨了。小方不是料，正需要小牛这样的人才来辅佐；而且小牛为公司赚了钱，明明该赏的时候，为什么反而“恩将仇报”，把小牛开除了呢？如果你认为小牛做得不对，为什么又在小牛走人之后，立刻把原来的计划废除，而全照小牛的方法去做呢？

不知你有没有看过斯皮尔伯格导演的《辛德勒的名单》，如果你看过，你记得当集中营里盖房子，德国军官用的方法不对，一位犹太女工程师说那样一定会垮的时候，德国军官是怎么做的？

他先一枪打死那犹太专家，再告诉下面的人，照她讲的方法去改。

这个电影情节是根据史实改编的，请问，他为什么先把专家杀掉，又立刻照专家的方法做呢？

这跟刘老头的做法不是一样吗？

明明知道敌人夜间偷袭，但是按兵不动，等敌人到了射击的最佳位置，再放照明弹，万枪齐发，杀得敌人无所遁逃、全军覆没。

对的！从这个角度想，你可以说小牛还算走运，幸亏他是在餐馆做事，要是换在以前的军中或宫廷，只怕他已经人头落地了。

不知你有没有看过《三国演义》里袁绍与田丰的故事。

袁绍要攻打曹操，袁绍的手下田丰劝说："曹操用兵变化多端，不能小看，不如跟他打持久战。"

袁绍不听，田丰还是力谏。

袁绍火了，说他是故意泄士兵的气，于是先把田丰关了起来，再出兵。

袁绍果然大败。

听说袁绍败了，有人对田丰报喜说："果然一切如你所料，袁绍回来一定会重用你了。"

说到这儿，你猜田丰怎么说。

田丰很沉痛地叹口气："唉！要是打赢了，我还能活；现在战败，我非死不可！"

果然，袁绍回来之后，对左右的人说："我没听田丰的话，现在他一定在心里暗笑我。"

接着把田丰拉出去杀了。

你看过《史记》里伍子胥的故事吗?

吴王夫差要打齐国，伍子胥力谏，说："越国才真是大患，越王勾践存在一天，吴国的祸患就存在一天。现在不打越国，去打齐国，是大错特错。"

吴王没听，照样出兵攻齐，而且奏凯归来，从此不听伍子胥的话。

过了四年，吴王又要发兵攻齐。伍子胥又力谏，而且话说得更重："恳请大王先解决越国问题，否则后悔莫及。"

你猜，伍子胥的下场如何？

伍子胥不但被吴王赐死，尸体还被扔在江里。

吴国的宰相伯嚭对吴王说得好——

"以前大王要打齐国的时候，伍子胥坚称不可，最后大王还是大胜，伍子胥非常懊恼，因为他的计谋没被采纳。如今大王又要打齐国，伍子胥又拦阻，破坏整个计划，他只希望我们败北，才能证明他的高瞻远瞩。"

伯嚭是所谓奸臣，但是他说的话有错吗？他分析的是人性啊！

田丰为什么自知会被杀？田丰也是因为了解人性。

想想，小牛如果当时不曾当着各分店店长的面，指出方总的决策不对，而自己偷偷不照计划施行，也不对外发新闻，他会滚蛋吗？

刘老头没错！

从人性和领导艺术的角度看，如果小方在开除小牛之前，先宣布自己的计划失败，是不是会惹得大家偷笑，他以后还怎么领导？他还有什么"威仪"？又怎么服人？

所以与那德国军官、袁绍和夫差一样，刘老头教小方——先杀

先上车后补票，就算被踢下车，也白坐了几十里。先斩头后上奏，就算皇上后悔，也已经人头落地。

再说。

先教人头落地，使下面人收起心里的“笑”，再说。

自古以来，越是有能力的领导者，越心宽，越能容得下人。像是贞观之治的李世民，他当然有心胸“察纳雅言”，就算魏征当着大家的面指出他的不是，他也不会把魏征杀了，甚至赞美魏征可以使他“知得失”。

这是因为李世民强啊！

这是因为李世民功业彪炳、人人拥戴啊！

你想想，如果小方上台之后，多半的构想都成功，为公司赚了大钱，只有这一个小火锅的项目失败，他会把小牛开除吗？

恐怕他还会当着大家的面说“只怪我当时没听牛店长的话，以后大家有想法，可以尽量提出”呢！

因为他的“功”足以掩他的“过”，所以他有本钱认错，认了错，反而能让大家觉得他宽厚、开明。

你不能没有的谅解 ▶

看了这许多，你就要知道，在一个团体里，你不是不能发表跟主管相反的意见，只是发表前你先要想想主管有没有接受指摘的雅量和本钱。

然后，你就可以决定“说”还是“不说”，或者“怎么说”。

孔子讲得好——“邦有道，危言危行；邦无道，危行言孙”。

什么叫“言孙（逊）”？

言逊是你用低姿态去说话。

譬如你对老板说：“记得××时候，您（老板）讲过一个原则，我一直用这个原则去想事情。今天这个项目，能不能也朝那个原则考虑，换个做法呢？”

管他（主管）以前有没有说过那方法，只要是好方法，他总不会否认，于是他就算做了一百八十度的转变，在大家看来，也好像是出于他自己的想法。

当然，你也可以找个只有主管和你在的机会，用试探的语气提建议。没有别人在场，不伤他的面子，他比较容易接受。

你更可以明明要建议他用A方案，却说：“我觉得有ABC三种做法，不知哪个比较好，请领导指示。”

结果，他挑了A案。在感觉上那是他挑的，是他的智慧，不是面子全给了他吗？

我们一个人，一双手、两条腿，不可能走每条路、拿每样东西，当然就得选择，而且选了这样，就不能选那样。一个懂得做人的人，一定要知道，当你的选择正确时，千万别“秀”给那些选择错的人看。

只是他也心知肚明，于是他感激你，会偷偷谢你。

记住！

一个伟大的学者，会让他的秘书修正他的演讲稿；但是一个烂主管，不会容得职员改他公文上的半个错字。

你越碰上烂主管，越要小心。

现在，让我们回到原来的故事。

如果你是小牛，你要怎么办？

你可以照田丰和伍子胥的做法，力谏、死谏！

你也可以“将在外，君命有所不受”——偷偷做自己的，但不出外张扬。

你更可以在方总已经决定之后，就放弃自己原来的想法，全力推动小火锅。

对的！全力推动那个你知道“成不了”的小火锅。

你要假设，如果那是军令或投票的结果，你能不服从吗？你又能因为投票的都是“无知的民众”而不遵行吗？

什么叫民主？

“民主”是你可以在投票之前争得面红耳赤，结果出来之后，即使不如你的想法，你也少数服从多数的制度。

什么是员工？

“员工”是你可以通过渠道谏言，但是上面决策下来，你明知不对，也应全力以赴，再不然，就挂冠求去、另谋高就的部属。

在“民主”社会，最有害的，是那些投票结果合意就高喊“民主万岁”、不合意则翻票箱喊冤的人，也是那些能反对的时候不反对，后来却放马后炮、消极怠工的人。

即使他放得对，在团体里也是祸害。

了解了这一点，你就要知道，如果你是田丰或伍子胥，保命不难，你只要在主子决定之后，立刻放弃已见，全力帮主子就成了。

在一个公司里，当你的意见跟主管相左，你力争，仍不被采纳之后，你就要加倍努力，去配合主管的做法。你要比别人跑在更前面，甚至死在更前面。

你千万别成了边缘人，躲在一角，冷眼看大伙拼命，让人猜“你只盼大家失败，表示你原来的看法对”。

于是无论成与败，你都是主管最痛恨的人。

而且，他越失败，越恨你，甚至如果大家跟他一起拼了命，打了败仗回来，看你讪笑（明明你没笑，他们也觉得你在笑），会一起把

一个人没事找事、无事生非，常常没别的原因，只因为“闲得发慌”，怕人觉得他闲、他没用。他没用，他没地位，他就得滚蛋。你说，他怎能不表现得“不闲”一点，“有用”一点？

失败的责任推在你“扯后腿”上。

这就是人性！不要叹人性可悲，因为你也是人，这也是你的人性。

换你是刘老头，你也一样得叫小牛卷铺盖呀！

Chapter 4

老周的新老婆

如果你不希望另一半有一天因为“想通了”而离开你，你就要想想“你是不是该做一点改变”。请今天就改，不要等！

不知是否因为早上那碗泡饭用了昨晚的剩菜，不大新鲜，老徐下午一直胃不舒服，偏偏晚上还有应酬。

应酬在老周的新园举行。

“新园”，多俗气的名字，也只有老周那个俗气的太太取得出来。

“越来越年轻了！”虽然看不起周太太，老徐进门的时候还是奉承两句。这女人，老徐早认识，以前她在台上唱戏，老徐和老周总坐在台下，老周一开演就睡着，还打呼，每次都是老徐把他踢醒。

谁能想到，这女人居然成了老周的太太，据说她是先去找老周拜师学画，学着学着，就学到床上去了。

哼哼哼！老徐看着那女人弯腰拿拖鞋，露出里头穿的黑色蕾丝的内衣，暗自笑了几声。

“您笑什么啊？”

“他笑你这家布置得真漂亮！”还是徐太太聪明，接了话。

那女人也笑笑：“我不懂得布置，还得徐老师、徐师母指点。”说着过来，为老徐解开毛衣扣子，“您的扣子扣错了，上下差了一个，我给您扣好。”

“他啊！老扣错。”徐太太抢上前帮丈夫扣。

女人赶快让开，却又笑说：“对了！我最近给周老师买了两件毛衣，他嫌多，我就送一件给徐老师吧！”没说完就跑了进去。

看那女人一扭一扭地一溜烟不见了，老徐又哼了一声。

“就是会花钱。”徐太太也哼了一声，“也不知道老周有多少钱好让她这么花。”

“不过他最近的行情不差哟！”老徐看看四周墙上的画，居然全是老周的新作，每一幅都装了上好的雕花金框，天花板顶上的射灯把柔和而均匀的光线打在画上。

老徐点了点头，心想，这老周自从老妻上了天国，就要死要活的，原本猜他遇上这年轻女人，搞几下，非死不可，没想到居然越活越壮，连作品都枯木逢春，有了新意。

正想着，周太太果然拿了件毛衣出来，一边跑一边叫：“您试试，可别见外哟！”

徐太太一把接过来，翻过来掉过去地看：“嗯！日本做的，我们

武林高手常死于村妇下的一杯毒，江湖大哥常死在小弟伸出的一把刀；了不得的国际大律师，不知帮别人揭了多少弊，却可能被身边一个小职员卷款几十亿，伤及五脏六腑。

老徐不穿日本货。”

“谁说我不穿日本货。”老徐一把将毛衣抢过来，好轻好轻，老徐吓一跳，“这是什么料？”

“纯开司米羊绒！”周太太笑着，一脸媚相。

“很贵吧？”

“不贵不贵，才三万块。”

老徐又吓一跳，徐太太更倒抽口凉气。“什么？这么一件毛衣，要三万块钱？你呀！真买得下手。”徐太太摇着头指指老徐，“瞧！我们老徐身上这件，才三百块，穿十年了，还不是好好的？又不容易脏，洗都不用洗。”

正说着，老周出来了，乍见还以为是老周的大儿子呢！

“你可穿得真年轻。”老徐上去拍拍老周。

“她买的！”老周指指太太。

“头发也染了。”

“她染的！”老周又指指太太。

那女人又媚媚地、得意地笑了，歪着头，看着老周，还过去摸摸老周的脸：“本来就很年轻嘛！对不对，周老师？”

听她叫周老师，就觉得恶心，老徐心想：“幸亏我不是你学生，否则同学变师母，怎么改口？”

好像看出老徐心事似的，老周笑笑：“我现在不教学生了。”

“为什么？”老徐一惊，“那最起码是个稳定的收入啊！”

“因为买画的人太多，她又一天到晚不闲着。”指指那女人。

那女人又媚笑着缩缩脖子："周老师的意思是我总给他安排画展。"

"是啊！下个月巴黎展览。"老周摊着两只手，"明年初纽约又谈好了。"

"怎么安排的？"老徐瞪大眼睛，却见那女人跑进去又跑出来，抱着两本大书。

"你瞧，我这太太还配合画展，要人家出了两本画册。"老周把画册接过来，交给老徐，又被徐太太抢过去看。

"人家是给我看的。"老徐再一把抢了回来。

"印得可真精美啊！"一边翻，老徐一边点头。

"瑞士印的。"周太太把茶放下，"为这画册，我们还去了趟瑞士。"

"什么？你们去了瑞士？"

"是啊！您不知道啊！"那女人居然一屁股挤在老周旁边，伸出细细的手臂，勾着老周的脖子，"我们还去了马特洪峰呢！"

"我写生写了一堆。"老周也真老不羞，亲了亲年轻太太的嫩脸，"太阳大，风也大，她在旁边给我撑着伞、扶着写生本，才画成的。"这时女人又一溜烟跑开了，再出现在门口。

"看！"女人举着一张画，正是马特洪峰。

能够用同样的心，想想别人的处境，忍耐自己的不便与不悦，非但不苛责，还主动减轻对方心情的负担，就是积德行善。

老徐一下子站了起来，慢慢走过去，上上下下细细地看。“真好！真好！”转身看着老周，“是我见过的你最好的作品。”

正赞美呢，突然暗叫一声不好，胃又疼。所幸，疼一下，就过去了。

晚饭是那年轻女人做的。这戏子除了演戏，居然还会烧菜，尤其那道排翅，整整一排，一点也没煮散，却又入口即化，鲜极了。

“你在哪儿学的啊？”老徐笑问。

“我上烹饪班，跟傅培梅学的。”那女人又娇滴滴地偎到老周身上，“而且，我要老师带我出去吃。”

“她只要吃一次，回来就能做了。”老周嘿嘿嘿地笑，嘴里的黄牙不见了，换成雪白的。

“你还镶了新的假牙？”老徐指着老周。

“是假的，也不是假的。”老周张开嘴，用手捏着门牙做摇动的样子，“这是植牙，很舒服，很结实，”又笑笑，“也很贵！”

“赚了，就要花嘛！”那女人又把手伸过去，摸了摸老周的脸，那脸居然红了，白里透红。

饭后大家到客厅喝茶，女人跑前跑后，捧出成套的茶具，跪在地上为老徐倒茶，徐太太一把抢过茶壶：“我来！我来！”又瞪了老徐一眼。

接着，那女人又端出一大盘水果，有葡萄、杧果、草莓，还有樱桃。每块杧果都切得整整齐齐，还在上面各插了根牙签。

老徐吃了一块，看看老周："真甜，你太太可真会买。"

"她啊，下午先削好、切好，套上保鲜膜，放进冰箱冻着，晚上吃，就特别甜了。"

"可真麻烦。"徐太太放下牙签，过去拿葡萄，"这是什么葡萄？"放进嘴里，"哦，意大利葡萄！"

"意大利葡萄？"老徐也拿一颗放进嘴里，唰！一下子，好像回到了童年，"这不是咱烟台葡萄吗？天哪！"转头看那女人，"你在哪儿买的？"

女人还没答话，徐太太说了："菜场就有，太贵了，我是不买这种葡萄的。水果嘛！有的吃就成了，想当年连番茄都吃不起。"

"哈哈哈……"老周笑了，倾过身拍拍老徐，"老徐啊！你的画价比我高得多，又有那么多收藏，咱们都这个年岁了，存着干吗？拿出来，花啊！"

"是啊！人生在世，能享受总要享受享受。"那女人又媚媚地笑了。

"总要享受享受。"在车上，徐太太咬着舌尖，学那女人娇滴滴的声音，"她迟早把老周搞破产。"

围师必阙……为了避免把他逼到绝路上，狗急跳墙，跟你拼命，造成你太大的损失，最好给他留一个小缺口，让他从那里逃跑。

老徐没说话，又胸口疼，回家就睡了。

他这一睡，就没再起来，心肌梗死，进了医院。

“胆固醇这么高，为什么不早检查、吃药？”医生问徐太太。

“都怪他啊！专爱吃大肥肉。”

老徐在医院又拖了一阵，老周夫妇去看了两回，但是没能参加老徐的丧礼。

因为老徐出殡那天，老周正带着太太在巴黎。

你不可不知的人性 ▶▶

先让我们做个有意思的假设吧！

如果老徐回家之后，没有心脏病发，却表现得特别暴躁，或者隔两天，突然离家出走，你会诧异吗？

他为什么脾气暴躁？

因为跟老周比起来，他发觉自己太可怜了。

老周的“少妻”虽然会花钱，但是也会赚钱。她把老周的作品用最好的方式陈列，她为老周安排画展、出版画册，把他的作品推向国际。于是老周的画价提高了，作品进步了，收入增加了。她再用这些钱改善生活，让老周住得好、穿得好、吃得好，再拉着老周出去旅行，使原来已经“来日无多”的老周，又枯木逢春、充满生气了，不是吗？

但是从另一个角度想，老徐的老妻也不差啊！她跟着老徐一起吃苦、受罪、打天下，一路行来，老徐成名了，她还继续帮着老徐省钱，连贵一点的衣服、水果都不舍得买。那是她的美德啊！老徐岂能不感念呢？

难道男人有一天发了，就能把当年的糟糠妻遗弃吗？难道一个女人老了就活该走人吗？

这些话都没错，但是为什么得意的中年男人遗弃老妻、另娶年轻女人的故事总是上演呢？

话再说回来，许多妇人，守着丈夫二三十年，不是也把头一甩，离家出走了吗？

为什么？

他们可能说不出来，但是当你细细观察之后，就会发现，因为——他们的另一半已经不是原来的那一半。

他们有这样的感觉，一个可能是他们自己变了，于是看另一半不再顺眼；也可能是另一半确实跟以前不一样了。

现在我们就触及了人性最重要的一部分——爱。

听的人沉默，不出声音，有时候对讲话的人要比你跟他辩论来得更有压力。因为他抓不住你，不知道你怎么想，好像一颗颗石子儿往洞里扔下去，连一点回音都没有，他能不紧张吗？

男女之爱，很妙！无论你怎么说“爱是无条件的”，年轻时的“爱”还总是跟“性”有关。

否则，你们为什么由拉拉手到搂搂腰，到拥吻、抚爱，然后上了床?

因为这是与生俱来的本能，也就因为这本能，使男女可以相悦，使种族能够繁衍。

如果人人都追求柏拉图式的爱情，都只要心灵，没有肉体，这世上还有人类存在吗?

所以，年轻人的爱往往是带有“性驱迫”的。

他们目光交流、含情脉脉，他们倾心交谈、彻夜不眠。他们终于像是干柴烈火，突破最后的防线，他们翻腾、疯狂，达到高潮。

然后呢?

然后，他们睡着了，睡得很熟。

请问，他们怎么不继续一直聊、一直聊，互诉衷情，聊到天亮?

性爱、性爱，男女最先的相处需要“性”，后来的相处需要“爱”。所以有人说，一对男女在做爱之后，还能彼此爱怜、百般温存的才是真爱。

我们更可以引申——只有当一对夫妻，有一天成了“无性夫妻”，还能彼此扶持、相顾深情的才是真爱。

恕我讲一句很俗的话：

据说应召女郎往往在办事之前，先收钱。

那男人就在眼前，跑不掉，她何必先收钱呢？

应召女郎的道理很简单——

“男人下面硬的时候心就软，下面软的时候心就硬。当他办完了事，会立刻变得小气，会马上后悔花那么多的代价，甚至立刻觉得眼前的女人不够美。办事之前，则恰恰相反。”

夫妻之间，虽然不这么现实，但你如果细细想想，不也差不多吗？

她温柔得像只小猫，偎在你身边；他体贴得像只小狗，在你旁边打转；她露出最娇媚的笑，把菜端上桌；他以最勤快的动作，把碗碟拿去洗。

你们把灯调暗，把音响打开。

你们……

在恋爱时期，也可以说在新鲜时期，两个人的精力都特别好，吃完饭可以去跳舞，跳完舞可以去PUB（酒吧），PUB回来还有用不完的精力。

但是，当有一天，他们倦了，因为上班倦了，因为对另一半倦了，因为对“那件事”倦了的时候，怎么办？

这世上最不会露马脚的话就是实话，当你撒一个谎之后，很可能得再用一堆谎来圆那个谎，与其如此浪费精力，而且总是心里有亏，何不从一开始就实话实说呢？

原来切得细细的水果，现在成了“喂！”，然后一个苹果迎面飞来。

原来蹲在浴缸边帮你搓背，现在已经早早去睡，并传来鼾声。

原来的“三菜一汤”，现在是微波炉里端出来的“三盒一杯”，还撂下一句话：“人家丈夫都有应酬，只有你天天回家吃饭，把我都累死了！”

原来的饭后依偎、音乐欣赏，成了督促孩子做功课，以及打骂哭喊。

原来的柔声细语，成了河东狮吼。

男人也一样。原来靠在太太背后，对着耳朵吹气；现在鞋子一摔，倒在沙发上就看报。

原来说东说西，向太太报告外面的一切，现在眼睛越过老婆肩头，盯着电视一动也不动。

原来帮着摆碗筷、收桌子；现在两杯酒下肚，歪在椅子上已经睡着，且发出杀猪似的声响。

原来放屁时，一定躲到浴室，或说对不起；现在大咧咧的，还好像以“豪放”为得意。

原来假日拉着太太看电影、爬山；现在假日不是睡大觉，就是背着球袋消失。

碰到这种状况，无论男人或女人都会说：“老夫老妻了嘛，干什么还装？上班、管孩子，累死了，谁还有什么情绪？”

可不是吗？

倦了，因为工作倦了，因为体力不如从前而倦了，也因为眼前那个人，已经看了太多年而倦了。

“性”少了，“爱”也少了。

你不能没有的谅解 ►►

政界常说一句话——“上台靠机会，下台靠智慧。”

男女之间也可以说——“恋爱靠机会，婚姻靠智慧。”

茫茫人海，偏偏遇上他，当然是机会。但是此后几十年，就靠彼此的智慧了。

只有那些能够把“热情如火”的恋爱，化为“胼手胝足”的恩爱，再化为“相濡以沫”的怜爱的人，才有爱的大智慧。

问题是，你必须知道——你有，她不一定有；他有，你不一定有。

十多年来，我也看过许多家里最被宠爱的女儿，只因为家里管得严，没交过男朋友，于是莫名其妙地遇到一个，就坠入情网，就不能自拔，就陷落一生。

有些人就是没有爱的智慧，也可以说他们没有爱的能力。

感情！感情！他有“感”，却没有“情”。

抱负！抱负！他能“抱”，却不能“负”。

性没了，他就不爱了；更年期到了，她就粗俗了；年轻女人出现，他就绝情了。

除此之外，你必须知道，人的“前半生”可能用“下半身”思考；人的“后半生”，可能用“上半身”思考。

“上半身”的思考，是用心、用脑，那是理智的，也是顿悟的，所以当他“想通了”，往往就一下子改变，再也难以挽回。

你知道大思想家罗素是怎么跟他的老婆爱丽丝分开的吗？

他是有一天骑脚踏车，在乡间小路上，突然发觉再也不爱她。然后某一日，读书读到一半，站起身，出门，就再也没回头。

你知道大文豪托尔斯泰是怎么死的吗？

他是在风雪天离家出走，死在火车站的。

他们的老婆都曾经是他们的爱妻，他们为什么那么绝呢？

谁不知道爱丽丝漂亮？谁不知道托尔斯泰夫人贤惠？

但是漂亮的不永远漂亮，贤惠的不永远贤惠，你要想想他们会不会像前面故事里的老徐，当他们的另一半变了质，不再优雅、不再体贴，到有一天，他们忍无可忍，想开了，便突然下决定离开。甚至宁愿冻死，也非走不可。

女人也一样啊！

多少女人在丈夫“变质”之后，为了孩子忍，忍了十几二十年，孩子上大学、入社会，女人突然离开了。

她们的道理很简单——

“我觉得前半生白过了，我少女时的梦想一点都没实现，我的牺牲够大了，剩下一点岁月，让我找回我自己吧！”

你看过J. R.沃勒写的《廊桥遗梦》吗？

笑死人了！那女主角跟丈夫在小镇过了平静的一生，可真正让她永难忘怀的，居然是丈夫不在时偶然闯入她生活的一个男人。

几天的激情，怎能换来她一生的怀念？

很简单，因为她一生太平静，因为她的生活太枯燥，也可能因为她的老公太无趣。

如果哪一天，她选择跟“那个男人”走了，你会惊讶吗？

看到这儿，你有没有想想自己的生活？

你还有没有“当年”的情趣？抑或你已经粗俗得十足是个“莽汉”“泼妇”“糟老头”“欧巴桑”？

你会为吸引另一半而去健身、减肥，控制口腹之欲吗？

人可以老化，但不能腐化；婚姻可以老化，但不能腐化。当你的婚姻有一天亮起红灯，你要想想，是他变了质，还是你变了质？

你会因为知道他喜欢“健康色”，而多晒晒太阳吗?

你们还会两口子单独出游，享受一点“自己的时间”吗?

记住！婚姻是要经营的！

你再忙，也应该保持自己的仪容；你即使是家庭主妇，依然要追得上外面的潮流。

你即使在家上班，也得天天刮胡子、常常理发，不能只穿睡衣晃来晃去。

最起码，你们一定要找机会，把自己打扮得十分体面，梳了头、化了妆、喷上香水，再穿上西装、晚礼服，出去应酬一下。

真正的目的不是应酬，是让你的另一半“惊讶”地发现，原来在灯光下、烛光下，你化了妆、他穿上礼服，还是那么妩媚、潇洒。

你们虽然应该节省，但餐具还是该成套，而且要常替换。因为那是情趣，是变化，同样的食物装在不同的餐具里，能有完全不同的感觉。

你想想，今晚你舍弃以前的塑料杯或喝水用的玻璃杯，为他端出放在瓷碟里的一杯咖啡时，他的感觉有多么不同。

人都追求感觉、追求新鲜、追求变化、追求品质。

婚姻也一样，当你不能再用“性”去爱，就该用“情”去爱、用思想去爱。

人可以老化，但不能腐化；婚姻可以老化，但不能腐化。当你的婚姻有一天亮起红灯，你要想想，是他变了质，还是你变了质?

抑或你们两个都没有爱的能力，你们只懂“性”，不懂“爱”？

如果你们已经四五十岁，你们要想想：

你们辛苦了半生，存那么多钱，到今天，过的是怎样的生活？你们的辛苦，除了为子女，还为什么？

如果你是女人，你要想想：他前十年要你帮他创业，中间十年要你帮他攒钱，再过十年，他还要你帮他存，存到他死吗？还是希望你为他安排“怎么花钱”？

否则，当有一天，他到老周家，发现自己辛苦大半生，连菜场里有的水果都吃不到的时候，他会怎么想？

同样的，如果你是男人，你要想想：一个女人，跟了你，腆了肚子、弯了腰、驼了背、皱了脸、碎了梦，她一生快过完了，她还有什么？

孩子笑着出嫁的时候，她哭；你笑着招待朋友的时候，她累；你老了，先走一步的时候，她送终。

剩下没多少日子了，你该不该做点什么？你成天在外忙，值不值？

一个失意人，能在一群得意人间谈笑风生、略无惭色，才是有骨气；一个得意人，能在一群失意的朋友间，让人想不到他的得意，才是会做人。

还是一句老话——

你们有没有爱的能力与智慧?

如果你不希望另一半有一天因为“想通了”而离开你，你就要想想“你是不是该做一点改变”。

请今天就改，不要等!

Chapter 5

无耻老豆的“恩情”

一个被教育得太慎重，甚至胆怯得有些神经质的投资人，很有可能失去最好的进场机会，最后实在忍不住时，捡了个人家不要的烂摊子。

“对不起！对不起！”窦经理一边打领带，一边对着镜子里的她说，“真没想到，真没想到……”

“没想到什么？”

“没想到，没想到……”窦经理转过头，“你不是早有个男朋友吗？你们不是在一起好多年了吗？我还见过他……”

“见过他又怎么样？”想到他，她终于崩溃了，蒙着被子大声哭了起来。

事情都怪迪士尼乐园。

旅行团一路经大阪、奈良、京都，到了东京，今天一整天都是去迪士尼。

大家一早就出发了，只有窦经理，说因为一路太累，要留在旅馆休息，太太带孩子去就成了。

还有她，前两个月才去洛杉矶看“他”，顺便游了那儿的迪士尼，现在他不在身边，虽然有一帮子同事，她还是提不起兴致。

中午，她去楼下餐厅吃饭，很高兴，因为发现窦经理也留守，还为她付了钱。

“唉！一路累死了，留在旅馆。”窦经理笑笑，“什么旅馆嘛！我打算洗个头，却连吹风机都找不到。”

“吹风机？我有，我带了，借你！”

现在想起来，全怪她多嘴，要是不多说这一句，窦经理不会跑来敲门，也就不会……

哭着哭着，她睡着了，梦见洛杉矶那一夜，他们互诉离情、搂着、抱着、亲着，在最紧要的关头，她说：“不！我们还没结婚。”他立刻说“对”，退缩了。

然后，她梦见老窦，现在才知道同事为什么都叫他“无耻老豆”。任她喊一百个“不”，他都不退缩，终于突破她坚守了二十六年的防线。

突然，电话响，是老窦打来的。

“嘿嘿！你还在睡呀？不要不高兴了，我一定会好好提拔你的。

在一个公司里，当你的意见跟主管相左，你力争，仍不被采纳之后，你就要加倍努力，去配合主管的做法。你要比别人跑在更前面，甚至死在更前面。你千万别成了边缘人，躲在一角，冷眼看大伙拼命，让人猜“你只盼大家失败，表示你原来的看法对”。于是无论成与败，你都是主管最痛恨的人。

走走走，我带你去逛逛。”

咔！挂了。她还来不及反应，老窦已经来敲门，敲敲敲，不停地敲。

“哇！你买了件新衣服耶！好漂亮，在哪儿买的？你去逛街了啊？”珍珍回来，一边打开衣柜一边喊。

她没吭气，突然感觉一个毛茸茸的东西，吓一跳。

“看！我买的狮子王！这么大、这么勇猛，你抱抱看，多有安全感！”

珍珍一屁股坐在她床边，先用狮子嘴对着她的脸，看她没反应，又自己抱着端详，自言自语：

“男人哪！就要像狮子，要勇猛，要敢！”狠狠拍拍她，“不要装睡了，你说对不对？我最讨厌那种软趴趴的男孩子，好像有礼貌，却一点儿不干脆，像木头似的。”

她蒙着头，眼前浮起“他”，浮起一根“木头”，也浮起另一头无耻的狮子。

“无耻老豆”走到她桌边，笑吟吟地说：“听说你买了件很漂亮的衣服，怎么不穿来看看啊？”

“我不喜欢！”她冷冷地说。“无耻老豆”没说话，四周同事倒接嘴了：“不喜欢为什么买？”

连她老妈都问：“我看你在日本买的那件衣服挺时髦，为什么不穿哪？”

在老妈的催促之下，她穿了，居然引得一屋子掌声，连严肃的老爹都开了金口：

“没想到，我们家女儿这么漂亮，这么有风采！”老爹过来绕着她走了一圈，点点头笑笑，“虽然裙子短了点，也还真美。咱们家大丫头，是越来越成熟了。”

“是啊！”她的大妹喊，“该嫁了！”

第二天，早上犹豫了半天，穿了脱，脱了穿，她还是把那件衣服穿去了办公室。

果然，大家的眼睛全亮了！

“哇！”几个男同事跳了过来，“不一样耶！不一样耶！”

几个女同事则过来又看又摸：“你真鬼！那天不去迪士尼，原来早有预谋，买了一件这么性感的衣服。”

“是啊！味道都不一样了！一定是喜事近了。”珍珍也笑，“她是买给她未来的老公看的。”

大家的笑声引出了老窦，他眼睛也亮了一下，大声笑道：“是漂亮！是漂亮！一定经过什么高人指点，而且一定相当不便宜。”

“交浅而言深，既为君子所忌，亦为小人所薄。”每个人在对你说出他的秘密之后，都可能不心安。因为他不敢确定，你是不是会把他的秘密说出去。于是，最简单的方法，他也要求你说出你的秘密。

是不便宜！要是她，从小节俭，怎么也不可能出得了手，而且向来穿妈妈从菜场和地摊买的衣服，一件件都老老实实的，哪敢买这种遮不住膝盖的短裙？

不过，穿了这衣服，好像世界都改变了，连从来不看她的大楼警卫都瞪着一双金鱼眼睛。

曾几何时，她发觉，其实自己的腿比谁都漂亮。

“你的腿真美！”这句话居然最先从老窦的嘴里吐出来。

那一天，第一次，他就这么说。

现在，他还是总这么说，一边说一边亲，一路亲上去。

老窦果然给她升了职、加了薪，还移了桌子，坐在老窦门口，成为经理特别助理。

她陪老窦开保险柜、开会、开标、开房间。

每次她在车上都喊：“我要跳车了！”

每次她都看着老窦开进汽车旅馆的车库，停车，关车库门，再拉拉扯扯地把她拉进房间。

当然，她也有了更多的漂亮衣服。

连“他”暑假回国，都在机场惊艳。

“他发现没有？”老窦在车上沉沉地问。

“发现怎么样？”

“没怎么样！怕对你不好，我怕什么？”

每次听老窦这么说，她都想过去一刀，把这“无耻老豆”宰了。

“哪天需要修补，我出钱！”老窦接着还是那句话。

她没去“修补”。但是她听了老窦的话，那晚，硬灌他喝了点酒，搂着他、磨蹭着，终于把那“木头”点着了。

“对不起！对不起！”当他爬起来，看见床单上的血迹，居然跟老窦说一样的话，只是接着，他把她紧紧抱住，不断喃喃地说，“我更爱你了！我一定对你负责，等我寒假拿到学位，我们就结婚！”

也跟那天在日本旅馆里一样，她用被蒙着头哭了。他越说，她越哭；她越哭，他越惶恐。

她哭她对不起他，也哭他的无知。当然，她也暗自庆幸，他没发现这只是月事最后一天的出血——老窦这个无耻的狐狸，居然想出这种无耻的点子。

她结婚了，成为博士夫人。

婚礼上，老窦坐了首席，是证婚人。

他特别带着她，举杯敬老窦：

一个人，信什么、说什么，都不能成为神。但是，如果你虽然不信什么、不说什么，却能做好事、做好人。就算你不能进天国，至少，你已经在这世间，以“向善”战胜了“向恶”。

“谢谢窦经理对我们的照顾。”

“是啊！是啊！”她的老爹老妈也举杯，“窦经理不但提拔我们丫头做特别助理，下雨天还常开车送我们丫头回家。这世上，哪儿找这么好的主管啊！”

你不可不知的人性 ▶▶

窦经理、老窦，我特别为他取了这个绰号——

“无耻老豆”！

这世界上无耻老豆有多少啊！这世界上又有多少父母和丈夫，如同前面故事中的“他们”，把无耻老豆当作好人、恩人哪！

这世界上更有多少年轻男孩子，有教养、有礼貌、有体贴、有人格，结果让自己的爱人落在无耻老豆的手上。因为无耻老豆无耻，他没有教养、没有礼貌、没有体贴、没有人格，他硬上！

“男人不坏，女人不爱”，女人是真爱坏男人吗？不见得，你应该说女人常挡不住坏男人，女人的贞操如同箱子上的锁——挡君子，不挡小人。

也可以说，女人的“推”里，常有“就”。

女士们，请不要不高兴，我今天谈的是人性，怎么能遮遮掩掩呢？

如果你是位漂亮可爱的女士，我偷偷请问你，你有没有遇到过那种“无耻老豆”或“无耻中豆”？

哪个漂亮女人的心里没藏有一堆男人的丑态？单单从调查报告中说有过半的女人被性骚扰过，就知道答案了。

男人的丑态，男人很难见到；男人见到的男人，往往都是“大男人”。漂亮的女人容易见到男人龌龊、卑鄙，像馋狗一样的丑态。

但是，女人不会说，她们不对朋友说、不对父母说，更不对丈夫说。

如同老窦讲的：“怕对你不好，我怕什么？”

男人不是不怕，他只是知道：“你怕，所以我不怕。”

问题是，你在办公室里张扬开来，去警察局报了案，对情人、丈夫坦白了，真对你有利吗？

除非那男人有头有脸，他为了爱惜羽毛，会怕被你扯出来。

所以，越是没身份、没地位、没财产、没退路的男人，你越要小

人性就是这么妙！像失火，你会先冲出来，再冲进去。冲出来，使你惊魂甫定，能看得更清楚；把你的妻儿带出来，放在安全的地方，更使你没有后顾之忧。然后，你人性的崇高面开始发挥作用，你又冲进去，去救别的人。

心。西洋有句俗语说得好："谨防那些一无所有的老男人。"

因为他们没脸没皮，如同粪水稀泥，无论你多凶多强，碰上，也惹一身臭。而他，没损失，他不在乎。他甚至没了青春、没了希望。这世上有谁比"没明天的人"更大胆？

所以，如果你在公园里遇到个"星探"或"摄影家"，正对着荷花池拍照，看见你，眼睛一亮，说你真漂亮，接着请你入镜，要把你捧成模特儿，你可千万小心。

否则改天，他请你去他的摄影棚，你进去，恐怕只见一副三脚架、一部三脚猫的照相机，和一个"三只脚"的无耻老豆。

男士们读到这儿也请别不开心，我现在要换个角度——

女人的丑态，女人自己也是见不到的，只有那可爱的、令她们心仪的男人见得着。

每个女人的矜持都得看对象。如同一个慎重的投资人，手里攥着钞票，看着盘面，他总会在他认为恰当的时机松开手，把钞票交出去。

一个被教育得太慎重，甚至胆怯得有些神经质的投资人，很可能失去最好的进场机会，最后实在忍不住时，捡了个人家不要的烂摊子。

你不能没有的谅解

在这儿，又引出了一个尖锐却严肃的话题。

我必须劝告那些婴儿潮时期出生的父母：

当你们谈恋爱的时候，你们的心中总浮现早年的苦日子，还有你们吃苦耐劳的父母。于是，你们告诉自己，太追求时髦的女人不能娶来当太太，要娶就娶“看来贤惠、内向的”。

在那个时代，没错！

但是今天，你做了父母，你能再用自己当年或自己父母当年的眼睛看这个世界吗？你能再规定你的儿子穿他老爸的裤子，规定你的女儿穿三十年代的衣服吗？当你的女儿能用隐形眼镜换下她的“厚瓶底”，能花四万块换下她的塌鼻子，能缩短两寸裙子，露出一双美腿，而且吸引到条件好的终身伴侣，你又能反对吗？

许多女孩子，条件好极了，却嫁个人渣丈夫，或吃了无耻老豆的亏，就是因为她的家教。

她的家教不是不好，而是太好。于是，她成为最慎重的投资人，

我们总是想别人没自己聪明，而在下棋时，希望对方不要看出我们的弱点。如果对方真没看出来，而走了另一步时，我们则暗自心喜。岂知，如果对方是高手，他也可能正设下这个陷阱……

手里攥着钱、抬着头，等了又等，最后当了“炒手”的替死鬼。

命运是要自己创造的。看到好的股票、好的工作，你会下手买、进去争，凭什么看到好的伴侣，你不能主动出击呢？

男人女人都一样，固然我们说“男追女，隔层山；女追男，隔层纸”，那些敢于撕开纸、翻过山的人，总是第一个成功。

所以很多优秀的男人被所谓的“贱货”抢走了，许多好条件的女人又上了贼船。

我绝不是教父母让女儿“贱”，而是建议大家，用深色丝绒的锦缎盒，把你的掌上明珠衬托出来，再把她交给最能保护她的人。

不要再因为孩子打扮得时髦而不高兴，只要她穿得不俗、不贱、不过于暴露而造成危险，就让她那样吧！毕竟她找的是个年轻丈夫，而不是你这个年老的爸爸。

最有冲力、有才气的年轻人，总欣赏那些同样显示胆识与感性的人。当你的孩子追时髦，也表现了他追新、追得上时代。想想，在千变万化的未来世界，哪种人能成功？

一个不喜欢“酷”的年轻人，可能少年老成、沉稳持重，也可能最早被时代淘汰。

你希望你的孩子不被淘汰，你又希望把你的掌上明珠放在破布袋里，认为这样才安全吗？

看了前面故事中的无耻老豆，如果你是女人，有这样的遭遇，请不要自责，也不要觉得孤独，因为这世上有太多女人跟你有同样的遭遇。

你要责怪的是这个社会，如果男人们都能不计较“发生的事”，哪个女人会不出来检举？哪个色狼又能逍遥法外？中国历代，又何必有那么多妇女先被外人强暴，再被亲人逼得悬梁。

你要做的是：教育自己的女儿，谨防那些一无所有的男人，并且避免把女儿留置在有危险人物的地方！

你更该看看统计报告，知道性侵害的往往是熟人，也可能在你的屋檐下。

如果你是男人。

请不要问你的妻子，她心底是不是也有那么一串黑名单；过去的已经过去，你何必给她再次的伤害？难道你能把自己的过去都摊在她面前吗？

贞操在内心，所以即使是妓女，也能有“二度贞操”，只要妓女能实实在在、百分之百地爱，也能被称作“纯洁的爱”。

中国人很妙，明明有实力，并且靠实力必定过关的事，总觉得再托个人，打个招呼，会更有把握。岂知道，这招呼如果没打好，明明可以赢的，反而变成满盘皆输，而且输了都不知道怎么输的。

我在《一生能有多少爱》那本书里写过——

“成熟的人不问过去，豁达的人不问未来。”

活在今天，最重要的是：

“你们现在是否相爱？”

Chapter 6

未来总裁夫人的内交

当你发现一个人总对你说要淡泊名利的时候，你千万别以为他真的恬淡寡欲。越是有矛盾的人，越要挣扎。越是不快乐的人，越说自己快乐。

小陈最近真是又兴奋又紧张。

兴奋的是领导已经内定小陈去驻外公司任职。

紧张的是驻外公司的郑总裁正好下礼拜要返回台湾述职。

这真是太要紧的时刻了，小陈心里已经有了打算，他要在上任之前，先给未来老板一个好印象。

对这事，小陈很有把握，他自信是拍马屁的高手。想到这儿，小陈得意地笑了：“而且，我有一个漂亮的太太，娶她的时候我就相信，以她的风采，我也一定当得上总裁，现在果然吧，我那美丽的老婆马上就要做总裁夫人了。”

“总裁夫人有什么了不起？”小陈的太太青玉撇了撇嘴，又忍不住地笑了，“哼！还没当上呢，先得服侍大老板夫人，我不干！”

当然，青玉还是干了，她早就心想，自己有一天会当上总裁夫人。为这一天，她已经不知道买了多少体面的衣服，练了多久的网球，又补了多少年的英文了。

郑总裁夫人，哈哈！见面的时候，青玉一方面按照惯常礼节趋前几步，行礼、握手、问安，一边心想“其实根本不像个‘夫人’”。

当然这只是她心想，她早就告诉自己，一定要使出浑身解数，把总裁夫人伺候得满意无比。什么叫帮夫？这就是帮夫！在“外交圈”内做“内交”，谁不知道总裁的老婆们，可以透过女人的“内线”，办成许多男人在会议中办不成的大事。

谁不知道，烧得一手好菜，也是总裁夫人的必要条件。许多时候，把众家夫人请回来用餐，顺便将丈夫交代的事情找个机会说出去，试探试探，或放个风向球，也是“外交圈”常用的方法。

一边把菜端上桌，青玉一边客气：

“对不起啊！夫人，我只会做这点不成样的小菜。”

“哪儿的话，这是鲍鱼啊！在美国，买一罐墨西哥的车轮牌鲍鱼，得花上一百多美金，我们都吃不起呢！”

“哎呀！夫人太客气了，等会儿我送您几罐，我们多得是。”

没等吃完，青玉已经偷偷请妈妈去买了四罐车轮牌鲍鱼，包好了放在门口。

第二天，郑总裁夫人想去“故宫博物院”。领导虽然安排了车，但是总裁坐走了，幸亏青玉早有了安排。

“这是奔驰四百耶！”总裁夫人才出门就叫了起来，“你的？”

“不！是我租的，特意为您租的，我的那辆车不能见人。”一边

许多伟大的人，都因为他们节制自己，集中力量在特定的事物上，而有杰出的成就。

说，一边介绍开车的司机，“这是小许，我常租他的车。”

从“故宫”回程，经过圆山饭店，远远看见网球场，夫人笑笑说：“以前常在这儿打球。”

“现在还可以打啊！”青玉赶快接过话，回家立刻四处打听，找到个网球俱乐部的会员，当天晚上就向总裁夫人报告，后天可以打球了。

第三天，是采买的日子，郑总裁有一儿一女，少不得买点东西带给孩子。

“您何必去百货公司呢？”青玉在车上笑笑，“我可以带您去一家，专卖法国时装，而且不贵。”

不过她们还是去了百货公司，因为夫人忘了带面霜。

所幸台北的百货公司都有夫人用的那个牌子，而且卖化妆品的小姐很体贴，一边介绍产品一边请总裁夫人坐下，要为夫人化妆保养。

“哎呀！哎呀！老脸了，还搽这些做什么？”夫人笑着坐下。

“越是老脸，越要保养啊！”青玉笑道。

“说得也对！”夫人看着镜子，“你看，我这太阳穴两边，长了好多黑斑，眼袋也越来越大。”

青玉趋前，盯着看了看：“哎呀，黑斑不算多啦！我妈比你多多了！而且眼袋怕什么？美容手术，一下子就没了，还能附带文下眼线。”

夫人从镜子里看着青玉，笑问：“你看，我真有眼袋，对不对？”

“还好啦！还好啦！”青玉安慰地说。

第四天，两个人一早就出发了。

郑总裁夫人换上一套网球装，短袖短裙。青玉吓一跳：天哪！前几天看她穿长裙，不知道，现在才发现原来总裁夫人的腿那么短、那么肥。

“不好意思！不好意思！越来越胖，所以要运动。”总裁夫人自己先说了。

“其实您也不胖。”青玉赶快安慰，“胖的人比您胖多了。”叹口气，“可惜您在这儿只待一个礼拜，不然，我可以带您去瘦身中心，一个月就能瘦下来了。”

大概就因为胖，总裁夫人才打十分钟就叫休息，一边抱怨天气太热，一边好奇地盯着青玉：“我看你的球技相当好，比我好太多了。”

“哪里，哪里，您过奖了。”青玉装作不好意思，“其实我才打过三四次。”

“真是天才！”

第五天，总裁夫人要做头发。

青玉找了一家台北最有名的美容院，又打着领导的招牌，抢下一个师傅的时间。

“剪得好！剪得好！”总裁夫人真识货，一边剪，一边赞美。

那香港师傅也嘴甜：“是您的发质好。”说着摸总裁夫人的头发，“口国人很少有像您这么柔细的头发。”

“算了吧！”总裁夫人看着镜子笑了，“都白了。”

“没有啊！”香港师傅看来像个找玩具的大男孩，东看看、西看看，“我没看见什么白头发啊！”

“是没什么。”青玉在旁边一张椅子上，转过头，“只有顶上一点点啦！”

“顶上一点？”总裁夫人也转过脸，“是啊？你看到了，对不对？”

“那天您低头我才看到，不注意是看不到的，您只要少低头就成了。”青玉体贴地说。

显然对师傅十分满意，临出门，夫人特意拿了两百块钱小费，转身回去要给师傅，被青玉挡下了。“我来！我来！”说着塞了五百块在师傅手上。

第六天，单位有酒会。

青玉穿了她最美的晚礼服去，猩红色的长旗袍，西式的翻领，从领口用碎钻镶出长长一只白孔雀，到腰，再孔雀开屏，转到背后。

“你瞧瞧，青玉多美！”总裁夫人拉着郑总裁看。

“这么多天都是青玉陪着我，她真细心，也真有才气。”

“还是个美女。”总裁笑眯眯地向小陈和青玉举杯。

平时少开口，偶然开口，开口成金。总是打哈哈，又打哈哈，哈哈了事。

回家，没进门小陈就把老婆抱了起来：

“谢谢你，亲爱的！你真是太棒了，我这次出去，一定会被总裁重用了。”

总裁和夫人要返回任所了，在机场青玉和总裁夫人依依不舍地话别。

“真舍不得我这好妹妹。”总裁夫人依依不舍地说。青玉也装作依依不舍的样子：“所幸，我和小陈马上就要去了，我们可以在那儿一起出去玩啊！”

“好哇！好哇！”总裁夫人鼓了鼓掌，又对小陈挥了挥手，“真令人羡慕，你有这么好的太太！”

飞机起飞了。

小陈回程，一边开车，一边伸手搂搂老婆：“我也真羡慕自己，有这么好的太太，只是以后要继续辛苦你了。”

青玉回家，立刻就辛苦了起来，一刻不停地收拾东西、采购食物，把那些可能买不到的干货全备齐了。

只是，出去的人事命令迟迟不发布，隔了三个月才发布，居然不是小陈。

小陈愣住了，跑上去问主管。

主管先不说，只是低着头，过半天，抬起脸：

“我也不知道出了什么毛病，正想问你，你太太是不是对郑总裁夫人做了什么不礼貌的事？”

“没有哇！怎么可能呢？”小陈叫了起来。

“我私下告诉你吧！”主管沉沉地说，“郑总裁蛮欣赏你的，可是总裁夫人说了重话，她说冲你的老婆，你就不可能做好社交。要是放你出去，不用半年，外边的朋友全被你老婆得罪了……”

你不可不知的人性 ▶▶

看了这故事结局，你会不会想：“天哪！什么总裁夫人嘛！她根本是禽兽！”

是啊！青玉一路伺候她，请她吃饭、打球，带她美容、购物，她在机场还做出一副依依不舍的样子，又当着丈夫和小陈的面，说感激青玉的话，怎么才一转眼，就翻脸不认人了？

不认人，倒也罢了，何必还在丈夫面前说坏话，而且说得那么重，害小陈外调的希望落空。到底青玉做错了什么事，让总裁夫人认为冲着青玉，不用半年，就会把外面的朋友全得罪了？

如果你确实这么想，我必须对你说，你自己也该检讨了！你很可能跟青玉一样，因为不懂人性，在无意间得罪了许多人。

我可以告诉你，青玉确实不会做人，在前面故事中，几乎她做的每件事都错了，都错在她不懂夫人的心理。

先让我说个历史故事吧!

据宋代叶绍翁的《四朝闻见录》记载——

皇后有一天召秦桧的老婆入宫，在赐宴的时候有一道非常名贵的菜——淮青鱼。

皇后很得意地介绍淮青鱼，又问秦桧的太太王氏：“你吃过这种鱼吗？”

王氏想都没想，就说：“吃过，比这更大的都吃过。改天我给您进奉几条更大的。”

王氏以为自己拍了皇后马屁，回家立刻对秦桧说。

没想到秦桧大惊失色：“这还了得！你太不懂事了，只怕闯了大祸。”立刻叫仆人来，“快！去买几十条大草鱼来，明天送进去。”

“草鱼？”秦桧的老婆不解地喊，“那是最便宜的，看来像淮青鱼的草鱼，怎么能拿来当淮青鱼进奉？会被杀头的！”

“送淮青鱼，才真会被杀头！”秦桧骂了回来。

第二天，几十条草鱼送到了皇宫。

皇后看见鱼，得意地大笑：“我就说嘛！怎么可能有那么多淮青鱼？这王氏要是有比皇宫更大的淮青鱼，我倒真要相信人家说秦桧贪污的话了！”

好！看完这故事，你了解了吧！

与其因最好的期盼造成最大的失望，不如用最坏的打算引来意外的惊喜。

你想想，一个礼拜之后，当郑总裁夫人离开的时候，她心里会怎么想?

她会不会想:“好家伙!我舍不得买的鲍鱼，你一个小职员，家里居然有一堆!我从来没去过的美容院、瘦身中心，你居然很熟!我坐不起的奔驰四百，你居然常租!还跟司机成了熟朋友!我现在进不去的网球俱乐部，你居然说去就去!我小费给两百，你一出手就是五百。”

她怎么知道青玉咬了多少牙?

但是，青玉要面子，也要给丈夫撑场面，她不说那是她狠下心买的鲍鱼、求朋友安排的网球场、打听出来的美容院以及首次租用的奔驰车。

她要装阔，装自己见过场面，岂知装出了麻烦，她不是跟秦桧的老婆犯了一样的错吗?

你不能没有的谅解 ▶

换个角度，如果当初她只是做几道可口的家常菜，租个稍好一点的车子，自己开。告诉郑总裁夫人，她有个朋友正好是圆山网球俱乐部的会员，又说为夫人打听到一家最好的美容院，本来进不去，但对方听说是郑夫人要剪，托夫人的福，就成了。

这感觉不是好太多了吗?

谈到开车，你要知道人都有个人性，就是不喜欢欠人情。

当青玉对夫人说“这是我特别为您租的”的时候，你以为夫人会高兴吗?

想想！如果你的孩子，对你说“我会为你用功念书”的时候，你八成不高兴地说：“书是给你自己念的！不是为我。”

对不对?

如果你的男朋友对你说：“我辛辛苦苦打工，买这辆车，全为了接你送你。”

你就算嘴上感激，是不是心里也想：“你难道不是图你自己方便吗？我一共才坐多少时间，你却成天在外面开着跑。”

如果你还未成年，你的妈妈对你说：“全是为了你，我不出去工作，天天在家守着你。”

你是不是也要不高兴地讲：“你去工作啊！我不用你守着！”

如果你是个大男人，对老婆说：“我做牛做马，全为了这个家。”

你老婆即使不答话，是不是心里也会暗骂：“难道我在家吃闲饭吗？我可不比你轻松啊！”

记住！

人最不能承受的重量，不是有形的重量，而是无形的“情”。

没有人希望欠人情，没有人希望背负着人情债。有些男女，甚至会因为受不了爱人对他（她）太多情而离开。

于是你该了解，为什么青玉租车，反而不见得讨好。

她可以租，但绝不能多说。不可说我自己坐不起，特别为夫人租。

因为夫人不会愿意领她的情。

相对的，人事命令还没发布，青玉又岂能在机场对夫人说所幸她和小陈马上就要去了？这是最犯职场忌讳的啊！

你不可不知的人性 ▶

这还不打紧，青玉更大的错，是在百货公司。当夫人自叹“哎呀！老脸了，还搽这些做什么”“你看，我这太阳穴两边，长了好多黑斑，眼袋也越来越大”时，想想，青玉当时是怎么答的？

她先说：“越是老脸，越要保养啊！”又说，“哎呀，黑斑不算多啦！我妈比你多多了！而且眼袋怕什么？美容手术，一下子就没了……”

乍看，青玉好像是在安慰郑总裁夫人，但换作你，你会怎么想？

郑总裁夫人会不会想：“你居然拿我跟你妈比，你把我看成几岁了？”

以速度争取时间，再用这时间去享受宁静，而非拖泥带水，永不得真正的空闲。

天哪！得罪女人还有比这更好的方法吗？

相反地，当时青玉如果说："根本没什么嘛！我都看不出来，而且我比您小十岁，您看来还比我年轻呢！"是不是好听得多？

更大的问题还不在此，而在当时夫人最后问的那句——

"你看，我真有眼袋，对不对？"

如果你够了解人性，应该知道夫人这时候的笑容里已经带有疑惑和怒火。

她疑什么？

她疑："我果真让外人一眼就看出有皱纹和眼袋了吗？以前大家都不说，大家都骗我，现在眼前这个浑蛋，居然说我真有了老态。"

如果大家都骗她，而青玉说实话，青玉不是很好吗？

这也就是夫人发怒的原因了，她怒的是——

"你为什么说实话？你为什么不跟别人一样撒个小谎，让我高兴？你太不懂女人心理了！"

何止女人如此？男人也一样！

我有个朋友去迪士尼乐园，回来说："不得了！不得了！这两年美国太富裕了，大家都吃得太多，园子里放眼望去，全是胖子。"

问题是，果真如他所说吗？

他错了，其实不是美国的胖子增加，而是因为他自己胖了。他自己进入中年，日渐发福，正在努力减肥。他每天注意自己的胖，也就特别注意别人的胖。

当他看见别人比他胖的时候，他就开心。

这就是人性，一种非常特殊的人性。

当一个人对你关心地说："你好像头发稀疏了耶！早上起来，枕头上是不是有不少头发？"

你先看看，他是不是也已经开始秃，只怕他比你掉得更多。

如果真是，你不妨说："哎呀！什么年岁了？当然掉了，我随它掉，秃头反而性感。"

你没有说半句假话，没有说自己"根本没掉"，但是给对方的感觉却好极了。

你难道会笨到说"我才没掉呢！你看！密得像二十岁的小伙子，我看你倒是有点秃"吗？

你若这么说，就犯忌了。

因为他原来希望借着你的"同病相怜"，来减少他自己的失落感，你不但没帮助他，反而加重了他的失落。

如果你接着跟他谈合作，好谈吗？

一个总叮嘱你"你要吃××补品，要练××功"，然后说"我自己就吃、就练，而且是个见证"的人。

你注意，他八成不健康。

越是强调"我好健康、我好平安喜乐"的人，越可能是个"不健康、不平安喜乐"的人。

他要是健康快乐，他何必说呢？

人最不能承受的重量，不是有形的重量，
而是无形的“情”。

只有那些能够把“热情如火”的恋爱，化为“胼手胝足”的恩爱，再化为“相濡以沫”的怜爱的人，才有爱的大智慧。

人天生就喜欢冒险、喜欢新奇、喜欢云霄飞车的感觉，也可以说人天生就不喜欢“过度的平静”。

记住！一、托错人足以坏事。二、有实力就不要靠关系。

同样的道理，如果有个朋友总是主动指导你夫妻相处之道，他讲的可能非常有道理，但是你千万不可因此而认为他的婚姻关系很好。

人因为“困”而“思”而“学”。

他可能正因为婚姻关系不好，所以朝思暮想，想出许多夫妻相处的方法。

如果那方法很管用，他不会主动对外人说。只有当你问他的时候，他才说。

当那方法不是多么管用的时候，他反而会主动地问你：“喂！你跟另一半好不好啊？你们说不说话啊？我跟你讲，夫妻到了中年，就得……才能维持……”

他说了一大堆，你猜，他的目的是什么？

往好处想，他希望你别走上跟他一样的路。

往坏处想，他想从你嘴里听到你也不好，于是他觉得不孤单。他也希望你试试他的方法，看那方法对你管不管用。

只怕他自己用了不管用，你用了管用，他反而更觉得失落。

所有的禁忌、规定、尺度、原则都可以用“慢慢偷渡”的方式来打破。只要你不干涉，就是默许；只要你没察觉，他就得到既有的利益；只要他稳住这一步，就开始下一步。蚕食到最后，成了鲸吞。

你不能没有的谅解

现在，我必须很大胆地把话题带到一个更尖锐的地方。

先让我说个故事吧！

某人有房招租。一对夫妻来看房子。某人问他们的职业。

对方答，丈夫的事情不固定，太太在教会工作，两个人都是虔诚的教徒。

某人心想："冲那丈夫的工作不固定，我不能租，但是想想那太太在教会工作，二人都虔诚，我也是教友，就租给他们吧！"

某人点了头。

接着，那对夫妻又要求免押金，但是保证每月准时缴房租。

某人想了想，看他们一副好人的样子，又点了头。

第一个月，房钱拿了。

第二个月，稍迟，但也如数付了。

第三个月，那丈夫失业在家，欠了。

第四个月，那丈夫还在家，又欠了。

连欠四个月，某人冒了火，叫他们搬。

他们不搬。

某人要律师送出存证函，准备告进小法庭。

没回音，某人去看，没人应门，用备用钥匙打开门，早已人去房空。

某人想到那女人在教会工作，追去教会，教会说已经几个礼拜不见人了。

那对夫妻再也没在教会出现。

某人从此不去教堂了，他开始恨所有的教徒，说他们是“假冒伪善”。

看了这故事，你说某人对吗？

他当然不对！因为他不懂人性，他不了解什么叫“人”。

每个人都是人，也都是平凡人。无论你做什么事、信什么教、讲什么道、教什么课，你都是个人。

是人就都有人性，有人性的光辉，也有人性的黑暗；有人性的崇高，也有人性的丑恶。

你的“性恶”总和你的“性善”交战。

譬如你的孩子交了你不欣赏的男朋友，你气疯了，说孩子要是跟他交往，你就断绝亲子关系。

孩子不听，居然偷偷打好包，私奔了。

你果然要脱离亲子关系。

这时候，你的“性善”出现了，说“自己当年也是私奔的”，说“血浓于水”，说“自己该宽恕”。

你上教堂，在祷告时背到《主祷文》——“赦免我们的债，如同我们免人的债。”你“心里的交战”更强烈了。

于是，你一边祈祷，一边痛哭。

现在，你说，你在祈祷之后是不是立刻会宽恕你的孩子？

答案有两个——

一、你因为宗教的力量与反省而宽恕了。

二、你没能战胜自己的怒火，你还是没有宽恕。

这两个答案，也就说出了宗教的力量。

宗教可以帮助你做个宽恕人的人，也可能力量不足，结果，你还是你，你还是情断义绝。

问题是，如果你是前面故事中出租房子的某人，你去教堂，看见那恶房客一边祈祷一边痛哭，你能因此说“看，他多虔诚！他不会骗我”吗？

当那房客仍然跑掉，你又能因此而怪罪教堂、怪罪神吗？

明朝洪自诚在《菜根谭》里说得好——

“谈山林之乐者，未必真得山林之趣；厌名利之淡者，未必尽忘名利之情。”

当你发现一个人总对你说要淡泊名利的时候，你千万别以为他真的恬淡寡欲。

他说不定正像郑总裁夫人，当她说自己老了，用不着搽保养品的时候，她正拼尽一切力量来维持自己的青春。

越是有矛盾的人，越要挣扎。

施予人，但不要使对方有受施的感觉。帮助人，但给予对方最高的尊重。这是助人的艺术，也是仁爱的情操。

你千万别见他挣扎，就以为他没有矛盾。

越是不快乐的人，越说自己快乐。

你千万别听他说快乐，就以为他真的无忧。

只怕，他们更矛盾、更不快乐。

也只怕，当他们打完禅七回来，因为能更冷静思考，于是大刀阔斧重整企业，减薪裁员。

你反而被裁员，走人了。道理很简单——

因为每个人都是人。人用人的方法去“写经”、去“解经”，宗教是为人服务的。它固然说是要带你上天堂、升佛国、去净土，但更重要的是，它要帮助你在这个世界上活得更好。

宗教绝对可以改变人，但是它不能改变人性。

人性的“自私”与宗教的“大爱”挣扎，有成功，也有失败。

写了一万多字，最后，我要强调：

有“善心”的人，未必有“善行”。他们常常是“只求独善其身，不能兼善天下”的好人，也可能是“知荣知辱牢缄口，谁是谁非暗点头”的乡愿。

反过来说：

“有善行”的人，未必“有善心”。

许多行善的人，是为了沽名钓誉，彰显自己有爱心、有财力；或者为了寻求内心的平静，取得净化的作用。

但是我们可以肯定地说：

有善行的人，即使是伪善，也比那些只有善心，却没有一点善行的人高明，因为——

无论如何，善行是真的。无论如何，他行了善。

一个人，信什么、说什么，都不能成为神。

但是，如果你虽然不信什么、不说什么，却能做好事、做好人。

就算你不能进天国，至少，你已经在这世间，以“向善”战胜了“向恶”。

心理学家说得好——

“一个没有任何信仰却能活得快快乐乐的人，就好像不吃任何药却能活得健健康康的人一样，毋宁说：他过得相当不错。”

Chapter 7

谢不杀之恩

人不能长期处在平静之中，太平静、太没变化，会使人不安，甚至发疯。懂得经营大企业的老板，绝不提早发布“今年会发多少年终奖金”的消息。反而是，你可以先放出消息，说今年不景气，怕发不出来，甚至有可能裁员。

皇上最近有些心神不宁，倒不是因为蒙古人经常犯边，而是不知该派哪个大将前去镇守。

其实皇上心里早有中意的人选，只是……只是兵部尚书王翦，当年打江山时，一块儿出生入死，还救过自己一命，如今正是该好好享清福的时候，听说他家里前不久才挖了荷花池呢！

当然派他去，就算他心里不愿意，也不敢不从，只是同一辈的那些老袍泽难免要说话：何必呢？老了老了，还要派他去戍边，草木不生的大漠，根本就是放逐嘛！

不过提到放逐，倒真触动了皇上的灵感。

早朝才过，皇上就把王翦宣了进去，茗茶珍果棋盘一如往日，但是一局棋未完，皇上却悄悄地从袖里掏出个纸条，递了过去：

“我这两天心神不宁，全为了这个，其实没什么，你看看也好！”

王翦打开纸条，面色大变，浑身颤抖，扑倒在地：“这是冤枉啊！臣斗胆也不敢有二心！圣上明鉴！圣上明鉴！”

“我也不信！可是举报得倒也真详细。”皇上拍拍王翦，把滚落一边的帽子递过去，“既然有人忌讳你在京畿，出去避避也好！”

“老骥伏枥，志在千里！”

“不愧是一代忠臣、一员勇将！”

兵部尚书王大人自请镇边的消息，一下子传遍京师。“据说皇上还当着文武百官的面，劝王大人不要去呢！又比喻王大人是今之廉颇，满门忠烈，必有余庆！”

王大人确实是满门忠烈，连他死在任上的时候都握着妻儿的手：“记住啊！皇恩浩荡！要不是皇上顾念旧情，我们早灭九族了！所以这九族的人都该感谢皇恩哪！”

九族的人不但感谢皇恩，更感谢王大人的死，毕竟大家可以“半夜敲门心不惊”了！

无论你帮老板管了多少事情，也无论老板多糊涂，甚至依赖你……他毕竟还是你的老板，也毕竟还是他做主。出了错，他最先承担；有面子，也该由他来卖。

你不可不知的人性

什么叫作“谢不杀之恩”？

王翦功在国家，半辈子跟皇上出生入死，皇上的天下可以说是王翦帮他打下来的。王翦只有功，没有过，只想平平安安地颐养天年，皇上凭什么杀他？他本来就不该被杀，又何须“谢不杀之恩”呢？

如果你这么想，你一点没错。问题是“谢不杀之恩”的妙，就妙在“没事找事，没碴儿找碴儿”上。

“谢不杀之恩”是人性。

想想，如果你把小娃娃高高举起，突然松手，让他掉下来，再及时把他抱住，他是不是会由惊呼，转为兴奋地笑。

想想，如果你去坐云霄飞车，车子嗒嗒嗒地开到最高点，再突然往下冲，你看着下面那惊心动魄的景象时，是不是会闪过一念——我这是干什么啊？自己找罪受。

还没想完呢，飞车已经冲下去，你张大嘴惊叫，一路忽上忽下、左转右弯，差点魂飞魄散，突然，车速减慢，到达了终点。

那时候，你又怎么想？

你想：“哇！到站了，我活着回来了！没想到，不怎么样嘛！我根本不怎么怕嘛！”然后，你转头，问朋友：

“要不要再坐一次？”

没事找事、没罪找罪受，都是人性。

“谢不杀之恩”的道理也一样——

你过得好好的，突然公司办员工体检，照完X光，医生神色凝重地把你叫去：“我看到个阴影，怕不是什么好东西，为了确定，你最好把以前的X光片全调来给我看看。”

你担心地问：“会不会是癌呀？”

医生沉吟了一下，拍拍你：“别急，就算是，那位置在最上面，动手术也容易……”

你急了，把曾经去过的医院全跑遍了，一家家借调出自己的X光片，有些医院还刁难，要你花一大把银子翻片拷贝。

你开始想后事，开始到书店找资料，查肺癌的症状和痊愈的概率。

越看，你越是浑身冒冷汗；越冒冷汗，你越觉得自己近来确实虚弱了。

终于把X光片收齐交给了医生，看他慢条斯理地挂上光箱，左看看、右看看，你的心一下子落到谷底，好像一条腿已跨进棺材里。

医生这时抬起头，说：

这世上无论进化或腐化，都是慢慢发生的。唯有建立制度、情理分明的人，能够像设有红绿灯和安全岛的道路，不但走得快，而且少出事。

“你可以回去了，没事了！只是老的钙化点，二十多年来都没变化，不是癌！”

你会怎么样？

会不会赶快谢谢医生，鞠躬再鞠躬地离去？

你太感激他了。在你的感觉中，他好像是再造父母，他好像代上帝救赎，他使你一下子脱离了死亡的阴影，他太伟大了！

问题是，他真那么伟大吗？

你过得好好的，只怕是他的经验不足，硬把钙化点看成癌的可疑点（当然也可能是他比较慎重），然后把你吓得半死，连着几夜失眠，人都瘦了一圈。

幸亏你没有忧郁症，否则只怕没等他“宣判”，你先想不开，寻了短。

他岂不是害了你吗？你为什么还要感激他呢？

甚至经过这个“打击”，你的人生观都变了，以前你为事业拼命，难得在家。可是经过几个失眠夜，你起身看看太太，再打开房门，看看熟睡的孩子，突然发觉自己没能好好陪陪妻儿。

于是，从此，你放慢脚步，天天回家吃晚饭了。

现在，让我们回头想想，这个改变，不是因为“没事找事”造成的吗？

当你知道自己没得肺癌，不是有“谢不杀之恩”的感觉吗？

所以我说——这是人性！

人很妙!

一盏一直亮着的灯，你不会去注意，但是如果它一亮一灭，你就会注意到。

每天吃饭、睡觉、上学、上班，你不会觉得自己幸福，但是当有一天你遭遇了大病、失业、失学、失亲，然后事情过了，你突然对眼前的一切特别珍视。你觉得太感谢老天，觉得老天太厚待自己，觉得自己太幸福了。

这就叫“人在福中不知福”，只有当某一天，把你从福里拉出去，你才懂得。

这也是有一首流行老歌《思念总在分手后》的道理。当两个人天天在一起，越来越觉得平淡，直到厌了、分了，才突然发觉过去的深情。

工作也一样。你会发现许多人有着令大家羡慕的工作，但是某一天，他居然辞了职。

最后，他另找工作，却再也找不到像过去那么好的。

你可以猜：那时候，他一定会偷偷后悔。

问题是——这是人性。

如果你做中间人，要忠实地传达，不可添油加醋。如果你做调解人，要不听丑话，只说笑言。只有这样，你才能被感激，而不成为“最后的受害者”。

人天生就喜欢冒险、喜欢新奇、喜欢云霄飞车的感觉，也可以说人天生就不喜欢“过度的平静”。

所以，你处在一个隔音室里，四周一点声音都没有，你不见得感觉宁静，你反而会听到一种近乎耳鸣的喧哗声，从你身体里面发出。

相反地，如果你置身在森林，有竹韵、松涛、鸟啭、虫鸣、水流，你却觉得宁静极了。

人不能长期处在平静之中，太平静、太没变化，会使人不安，甚至发疯。

于是聪明的医生，当你没病找病，去找他诉苦的时候，即使他一眼就看出你没毛病，他也会细细地听听、打打、敲敲、压压，再神情严肃地开几味药（天知道！可能只是维生素、胃乳片、镇静剂），又叮嘱你“过两个礼拜再来”。

两个礼拜之后，你又去了，他再细细检查，笑说有进步，又开药，又要你隔周再来。

你又去了，他检查、再检查，拍拍你的肩：“恭喜你，病全好了。”

你岂不是感激涕零，要谢谢他这位神医吗？

你从头到尾完全不清楚自己得了什么病、吃了什么药。天知道你根本没病，不必吃药。

可是，你真该谢谢他，因为他使你“谢不杀之恩”，使你觉得“失而复得”，甚至使你知道“惜福”。

所以，你要知道那些没病找病、总往医院跑的人，其实也是去看病，只是他们可能挂肠胃科的号，看精神科的病。

话说回来，他们如果碰到个不懂病人心理的医生，摸两下，说“你根本没病”，他们反而要不高兴，怨这医生不听他倾诉病情，说这医生不认真。接着，他们可能换去找别的医生。

道理很简单——那位医生没能治他们的心病。

你不能没有的谅解 ▶▶

《老子》说得好——

“欲取之，先予之。”

你也可以讲“欲予之，先取之”。

甚至可以说“先取之，即或不予之，对方也会觉得你予之了”。

懂得对付小孩的父母，看见孩子们玩得正高兴，明明心里想，再让他们玩十分钟，就得回家，可是嘴里会先喊：

“收拾你们的东西，晚了，该回家了！”

小孩装出哭的声音，开始过来求情。

“好吧！好吧！让你们再玩十分钟。”你说。

在活着的时候，心里常有天堂的人，死后也可能上天堂；在有生之年总是心里有鬼的人，死后也可能下地狱。

“谢谢！谢谢！妈妈好好哟！”

你很高明，对不对？

懂得领导艺术的人，会隔一段时间就来个变动，要么变动工作，再不然换换位子。

明明员工表现平平，无功无过，也要有小小的奖惩。于是惩了，他们会伤心；跟着奖了，他们又高兴。他们会猜你换工作的目的，他们会猜位子是否代表尊卑。

最起码，工作换了，心情换了，他们变得更谨慎、更认真。

长久待在一个职位容易出的弊端，因为换手而使毛病显现。那些要搞鬼的人，心想随时可能换手，也多些顾忌。

你很高明，对不对？

懂得经营大企业的老板，绝不提早发布“今年会发多少年终奖金”的消息。因为当你这么一说，就变成了“当然”，你当然得信守诺言，当然得“如数发给”。

于是，从你说的那一刻，你就变成欠员工的。

反而是，你可以先放出消息，说今年不景气，怕发不出来，甚至有可能裁员。

于是人心惶惶，员工非但不再指望发多少年终奖金，而是生怕自己被裁。

结果，当你非但不裁员，反而说“亏损由我吃下，员工福利不可少”，而再多多少少发了些奖金时，你得到的是掌声，是感激，是坐云霄飞车、吓得半死、终于到站的笑容。

你很高明，对不对？

“谢不杀之恩”就是这样，明明该是他的，你非但不给，而且先拿走。如果他有十块，你拿走八块，再还他五块，你明明还是拿走了三块，他反而会谢你。

如果他有十块，你拿走了两块，不再还他，他一定会恨你。

这就是人性！人性多么可悲啊，人居然像猴子由“朝三暮四”换成“朝四暮三”，换汤不换药，猴子就会高兴。

对，多数人也可能像猴子！懂得这人性的官员，总知道隔一阵“来一下子”。

于是，你觉得他总在注意你、关心你、垂怜你、拯救你。

于是，你感恩戴德，高呼万岁。

你岂会想到，那本来就该是你的，是他“该你的”，是你“该得的”，是他“该做的”。

问题是，搞政治的人，如果不懂人性，他还搞什么？

问题是，作为人，如果没点合理与不合理的变化，生活还有什么意思？

政治家，是多么高明啊！不信？就用我下面这个在十三年前就已

当你处在只有千人的团体里，千人都说你错，你明明是对的，在那个团体里，在那一刻，你也成了错的。

经写好却迟迟不敢发表的故事，做个注脚吧！

某专制国家的元首，将某负责人叫到面前。

“回去立刻宣布，从明天开始糖价上涨百分之三十！”

“天哪！这怎么了得！”这位负责人大惊失色，“报告元首！糖是民生必需品，突然涨价，怕会引起民怨哪！而且食用糖是政府专卖，没有竞争，现在每年都有非常多的盈余，只怕让百姓知道了也不好！能不能慢慢涨价，不要一下子涨这么多……”

“不要啰唆！我说涨价，就是涨价！”

眼看元首毫无收回成命的意思，这位负责人改变了一个姿态，缓缓趋前，小声地说：

“您或许早注意到了，最近您在民间的声望正在下降，是不是得考虑，再这么一来，声望会更……”

“你想抗命不成？”元首霍地站了起来，旁边的卫士也都逼前一步，吓得那负责人连连后退：

“不敢！不敢！我立刻回去宣布！”

负责人才走到门边，元首又大吼一声：

“记住！不准说是我命令你这么做的，要当作你自己的决定！”

“是的！是的！”

新闻发布了！果然全国哗然，眼看整个物价都要受牵连地上扬。突然，元首令下：

“某负责人撤职查办！食用糖调回原价，有关民生，绝不能轻言涨价！”

负责人背了黑锅，却又不敢张扬，匆匆收拾好抽屉，离开办公室时，向他道别的人都没有，连机要秘书也狠狠在背后咒一句：“自作孽，不可活！”

至于那真正作孽的元首，在民间的声望居然一夜之间大涨，甚至到达历年来的最高点：

“真是英明的领袖啊，他永远与人民站在一起！”

两年后。

被冷藏多时的前某负责人又被元首叫到面前：

“辛苦你了！为了补偿你的损失，我要给你一个很高的职位，比以前高得多！”

前负责人既委屈又感动，顿时泪下。

“别难过了！想想看，两年前那件事，谁也没损失啊！反而你得到大的升迁，我得到高的声望，人民得到英明的领袖！”元首安慰道。

新的职位被发布了。人们的反应不一，有的大叫：

“这种人怎能再任用？”

当有一天，你不如意了，千万不要去硬撑场面。那样做，你累，别人也累；钱累，心也累。

有的人点头："必是两年来有了反省，受到改造！"

但对于元首，没有人不竖起大拇指：

"真是伟大的心胸！两年前元首的声望差点被那人拖垮，而今居然能不计前嫌，真是以德报怨，了不起呀！"

Chapter 8

良心被狗吃了

这就是人性，在维护自己尊严的前提下，一个普通人可以变得“不识好歹”，一个领导者可以变得“不守然诺”。

故事一

“朱太太！你家小宝有这种橡皮擦吗？”杨太太把橡皮擦递过去。

“好像有耶！真漂亮，日本产的。”朱太太接过来看了看，“我看到小宝铅笔盒里有。”

“不是你给他买的吗？”

“不是，好像是他同学送的。”朱太太笑笑，“这年头啊！小孩子很浪费，乱送东西。这么一块橡皮擦，我看一百块都不止。”

才回家，杨太太就拨电话给王妈妈了：

“王妈妈，我去问过了，朱太太没给她儿子买那种橡皮擦，但是她看到小宝有，说是小宝同学送的。”

“小宝可真会撒谎。”王妈妈哼一声，“你没跟朱太太说她儿子的橡皮擦是偷我孙子的吧！”

“我没说，我不敢说，怕她生气。”

“对对对！朱太太爱面子，不能直说。”

“可是不说也不好吧！”杨太太有点操心，“小宝总在你家我家跑来跑去，要是手脚不干净……”

“是啊！”王妈妈回头看了看自己的古董柜，猛点头，“麻烦就大了。”

“这样吧！”杨太太想想，说，“明天小宝来我家，我私下劝劝他，就不用让他妈知道了。”

王妈妈高兴地喊：“对！私下说说那孩子就成了。”

“我没偷！我没偷！”小宝居然不承认。

“你没偷，王奶奶为什么说她孙子的橡皮擦不见了？就在那天你去她家玩的时候不见的，而且跟你那块橡皮擦一模一样！”杨太太有点火了。

“我的橡皮擦是我妈妈去前面小店买的。”小宝眼睛一瞪，“当然会一模一样。”

“好家伙！你这个小鬼。”杨太太指指小宝的脸，得意地笑笑，“我就猜到你会这么说，所以啊，我先去问过你妈妈了，她说没给你买过，还说你对她说是同学送的。”

小宝怔住了，隔了两秒钟，突然放声大哭了起来，外套都没拿就冲出门，跑回家去。

给人好印象、好感觉的通常是由正面思考的句子。当你发现家里有人说负面的话时，为了改善气氛，你可以用正面的话去平衡。

不一会儿，朱太太就带着小宝出来了，直直地进了杨家：“姓杨的，你说我儿子偷东西？”

“没偷我的，是偷王家孩子的。”

“偷什么？”朱太太的脸涨得通红，吼声把四邻都惊动了，纷纷探出头。

“偷什么？偷橡皮擦——”杨太太把“擦”字拉得特别长，“就是我给你看过的那种很贵的橡皮擦，你不是说他讲是同学送的吗？”

“橡皮擦？”朱太太尖叫了起来，“姓杨的！你不要含血喷人，我告诉你！我跟你没完没了。我儿子的橡皮擦是我买给他的，你儿子的橡皮擦才是偷的呢！”

她狠狠一脚踹开门，拉着小宝冲了出去。

故事二

“一句话！一句话！告诉你女儿，到台湾先给我打个电话，以后有什么事也都找我，我一定会好好照顾她的。”

放下电话，老曹对太太耸耸肩：“以前大学同学，二十年没消息，原来早移民去了美国。”

“现在有消息，一定‘无事不登三宝殿’，对不对？”曹太太笑了笑。

“他女儿上大学了，要来台湾学一年中文。”老曹从书架上找出同学录，翻到小吴的照片。

“长得还不难看嘛！”曹太太瞄了一眼。

那女孩长得更漂亮，比她爸爸还好看。大概在美国，牛奶牛排吃得多，尤其迷你裙下两条腿，又直又长，美极了。

“在台湾，住哪儿啊？”老曹关心地问，“要不要到曹叔叔家来住？”

女孩子，左歪歪头，右歪歪头，一笑：“好啊！”当天就搬了一堆行李来。

“谁要你多话！”曹太太偷偷数落老曹。

“我没想到她会真来了！”老曹摊摊手。

这美国丫头一来，老曹家全乱了。

老曹不能再穿着内裤在屋里晃。

两口子深夜不能看A片。

尤其操心的是才上高中的儿子，每天一回家，第一句话先问：“吴姐姐在不在？”

所幸，没住半个月，美国丫头说找到了教英文的工作，在内湖，交通不便，搬走了。

这一去，就半年没消息。

老曹打了两次电话，都是录音，也没回话。后来试着深夜拨，还

> 在这个商场如战场的时代，每个人在学说话之前，先要学会哪些秘密不能说、哪些事情不能问、哪些价钱不能讲、哪些电话不能给、哪些行踪不能透露。

是不在。

不久，接到老同学电话。

“我找不到她。”小吴在那头喊，“怎么深更半夜都不在呢？拜托你，帮我多注意一下。”

没她的地址，老曹只好跑到那丫头念中文的语文学校去看看。

“这个学生，”语文学校的人翻着名册说，“早就不念了。”

老曹急了，立刻向美国的小吴报告。

小吴跳了起来，在那头央求老曹：“好同学啊！求求你，帮我找找。我这儿实在走不开，我老婆要是知道，非急死不可。”

才挂上电话，那么巧，居然就有了吴家丫头的消息。

电话是另一个女孩子打来的。

“曹先生，是吴小姐叫我打电话给您，她现人在××分局。”

“××分局？”老曹的心脏差点跳了出来，“怎么会去那儿？”

“她跟几个朋友去一家PUB玩，被抓了。”

老曹立刻赶去××分局。

“别人都回家了。”分局的警员说，“但她是美国籍，由外事组办，过两天我们直接把她送到桃园机场。”

“她犯了什么法？”

“犯了什么法？”警员笑了，“你连她在做那个都不知道？”

“她只是到那家PUB玩！”老曹说，“我知道！”

警员没说话，拿出了一个本子和一沓名片，指给老曹看：

“去玩玩？还印名片，还上花名册？”

美国丫头终于上了飞机，老曹却几夜没能睡，翻来覆去地想。

打不打电话给小吴呢？打电话，我说不说呢？

老曹还是拨了电话去，把事情一五一十地说了。

那头先不吭声，隔了半天，沉沉地说了几个字："你确定？你搞清楚了？"

过两天，老曹算着那丫头该到了，又拨电话去。

接电话的居然正是那丫头，一听是老曹，立刻交给了小吴。

还是沉沉的声音：

"老曹，你以后没事，最好少打电话来。你那一家对我女儿怎么样，我女儿都说了。还有，我女儿受冤枉的事，你没帮忙，还乱说话，你要是再让我听到，我非修理你不可！"

咔！电话断了。

隔了好一阵，老曹越想越不是滋味，又拨去美国。

妙了，跟那丫头一样，电话先是没人接，跟着就被剪了线，小吴一家都不见了。

当人们攀上交情，往往就忘了调查对方的来历。如果你身价不凡，你必须注意每个可能的"有心人"——你对他说的话，会被他渲染；你与他的交情，会被他夸大。你没害人，人因你被害。

你不可不知的人性 ▶▶

上面这两个故事，你从“理”的角度想，两家的父母不但不该发脾气，还应该感谢杨太太和老曹。

但是从“情”的角度想，你可能又觉得他们发怒“有理”。

你为什么觉得有理？

因为换作你，你也可能不高兴。

这就是人性，在维护自己尊严的前提下，一个普通人可以变得“不识好歹”，一个领导者可以变得“不守然诺”。

不知你有没有读过这样的故事，或看过这样的电视情节。

臣子吞吞吐吐地对主子说：“我听到对方在辱骂您。”

“他们说什么？”主子问。

“小的……小的不敢说。”

“你说！”

“我说了，怕您会发怒，小的真的不敢说。”

“你给我大胆说！”主子想办法压住怒气，“我不会怪你。”

“他们说您是婊子养的……”

话没说完，主子勃然大怒：“什么？拉下去，给我斩了！”

好！你说这主子是不是“不守然诺”？

他原来早打算好，听完这臣子的话就把臣子杀掉吗？

不会！他原来确实想，只要臣子说出来，不会怪罪臣子。

但是，当话被转述出来，太难听了！对于一个“主子”、一个“圣上”、一个“真命天子”，什么比说他是婊子养的，不但不是真龙天子，还出身不干不净，来得伤害大呢？

大家都是人，凭什么我是“主子”，你是“臣子”？

就算我的武功好，双拳难敌四手，来个四十只手，这“主子”也非输不可。

“主子”之为“主子”，全靠他那点名，甚至他那点自己编的神话。也正因此，当年跟他穿一条裤子、打天下的老臣，凡不把“平起平坐”的眼神改成“仰望圣上”的，全都会被他除掉。

知道他底细的全滚了，或全噤声了。

他成了真命天子、神圣不可侵犯的神人。

这时候，当你说有人讲他原来是婊子养的，他能不把你除去吗？

他可以“不守然诺”。虽然“君无戏言”“民无信不立”，但是与主子的“尊严”比起来，“信”已经不重要。

现在我们回头想想。

朱太太和小吴难道真不知好歹、不明是非吗？他们为什么突然翻

人都有爱现的毛病，岂知你现的时候，也正是你弱点显露的时刻。淹死的，多半是会水的。那个“多半”之中，又有多半是“半会水”的。

脸，甚至从此绝交？

道理是一样的，因为在这个时候，“面子”比“里子”重要。他若不翻脸，他就面子里子全输了，他就再也难翻身。

什么叫“再也难翻身”？再难翻身就是事实证明她儿子偷了东西、他女儿做了见不得人的事。

当他们一下子跟你绝交，事实就像断了线的风筝，只要你不再继续追，或你追而他们死不承认，也就不了了之了。

“再也难翻身”是一个最重要的关键。

让我举一个实例——

国画大师黄君璧在世的时候。

有一天，一位贵妇，拿了四幅从国外买的古画，请黄大师鉴定。

四幅画都是价值连城的“传世之作”。

黄大师没看画，先问：

“这些画您都已经买下了吗？”

“买下了！”那老板娘得意地说，“真是花了相当多的钱，抢回这几件国宝。”

说完，指示三位随从把画打开。

第一幅，展开一半，黄大师就摇了头：“假的！”

第二幅，全展开了，黄大师又瞄一眼、叹口气：“假的！”

第三幅，打开来看了半天，黄大师说：“这画家的作品，我不内行，虽然说不准，但是看得出画上的笔法相当老练。”

第四幅，才展开三分之二，黄大师就叫好：“这幅好极了！”

那个阔太太虽然有点失望，但想想有两幅八成是真迹，还算安慰，便带着随从高高兴兴地走了。

才走，黄大师就叹口气：

“冤枉啊，冤枉啊！花了那么多钱，四幅都是假画。”

我当时不解地问：

“既然您知道都是假的，为什么不说呢？”

黄大师笑笑：

“她对自己的眼光那么有自信，又已经花了那么多钱，而且当着她的那么多部属，我能说全是假的吗？”黄大师对我点点头，神秘地笑笑，“钱对她来说，是小事；伤了她的面子，可就是大事啦！”

你不能没有的谅解

现在你了解了吗？

为什么黄大师先问那人是否已经买下了呢？

你获胜时，既是最能施展抱负的时候，也是最能化敌为友的时候。人没有永远的敌人，最重要的是你有没有那份胸怀和智慧，在获胜之后先伸出友谊的手。

当对方说："我还没买，要给您看过之后才能决定。"

黄大师八成会告诉她："千万别买！全是假的。"

但是对方已经买下，就是"再也难翻身"了。

孔子说"成事不说，遂事不谏，既往不咎"就是这个道理。当你发现一件事已经定案，再也无法挽回，就不用再多说了。

你能对一个五十多岁的人说"你这辈子，什么什么都做错了，如果不那样做，今天一定不一样"吗？

你可以说，但你没有必要说。

他的事已经成了，人生已经过半了，再下功夫，能改变的也有限了，你不是伤他的心、伤他的自尊吗？

自尊比什么都重要。

多么卑微的人、多么年幼的孩子，都要自尊。

要自尊，是人性！

所以对于他还能改变的事，你可以说。对他已经"再也难翻身"的事，你不能说。

人性很有意思，就好像抓你的皮肤。轻轻地抓是"痒"，重重地抓是"痛"；轻轻地打是"拍"，重重地打是"揍"。

问题是，每个人的感觉不同，抓多重是"痒"，抓多重又是"痛"呢？什么玩笑是"幽默"，什么玩笑又是"讽刺"呢？

答案还是那个——

凡是会伤人自尊的，都是"揍"，都是"痛"，都是"讽刺"。

再举个例子吧！

有个人带你参观他已经荒废的祖宅。

“真可怜哪！你瞧！我曾祖父住的地方有多烂，有多脏！”他自己摇着头说。

“是啊！讲句实在话，有点像堆柴的仓库。”你附和。

“称得上是狗窝了。”他居然哈哈大笑起来。

看他如此幽默，你也补加一句：

“是啊！看这一小间一小间，还像妓院呢！”

原来好好的，他马上翻了脸。

他为什么翻脸？

因为祖先穷，可以显示下一代的努力和荣发；祖先“不干净”，就显示人的出身了。

出身无法改变，所以出身不能拿来开玩笑。

问题是，对于出身，每个人的敏感又不相同。

你可以看着一个人，说：“我看你的上一代有蒙古血统。”

他可能很高兴，因为显示他豪迈。

当你给孩子一个玩具的时候，他立刻高兴地收下。但是如果你交给他两个，只准他挑一个，就麻烦了：他看看这个，看看那个，最后即使决定了一个，总觉得有点遗憾。

你也可以说："我看你上一代有西域新疆的血统。"

他也可能高兴，显示他白里透红，像穆斯林，是从天山过来的。

你还可以说："（尤其对女孩子）我看你上一代有云南白族的影子，又有水摆夷的味道。"

她虽然没见过白族，也没看过水摆夷，但是听那名字就觉得自己浪漫柔美。

但是，你能说"我看你上一代有黑人的血统"吗？

我不歧视黑人，你也不歧视黑人，但你怎能确定他不歧视？

不信，你试试，当你这么说，他的反应会如何？

现在，回到原来的故事。想想，如果杨太太是私下对朱太太暗示："现在小孩子之间，总是你拿我的、我拿你的，大家拿来拿去，等到有一天孩子之间不高兴，又说是你偷我的、我偷你的。真要命！"

如果她还听不懂，杨太太再加一句："我也常注意我孩子的东西，看到不是他的，我就叫他还给同学。"

请问，她们两家还可能"朱杨变色"吗？

想想，如果你是老曹，你当时打个电话给小吴，说："哎呀！一个年轻人，生活难免不正常，我想帮，也帮不了许多。我看哪，女儿还是留在身边，留几年是几年，享享天伦之乐吧！"

小吴听得懂也好，听不懂也好，至少他会感激你，不会恨你。

而且，你要知道，当吴家丫头猜测老曹可能告状的时候，她很可能先说老曹坏话。

搞不好，她已经说了老曹的儿子色眯眯地看她，让她住不下去了呢！

所以，当你碰到这种情况，你不但不能说，而且应该先找小吴的女儿挑明了：

“你今天的事，我绝不会对你爸爸讲。这次既然被遣送出境，就暂时别回来了。”

请不要怪我教你作假。

这是人性啊！

一个孩子偷东西、一个女孩子从事淫业，都是我前面所讲的——它是难以改变的事实，你说出来，只可能造成更大的伤害。

你帮助他们的唯一方法，就是大事化小、小事化无，让事情慢慢淡去。

既往不咎！既往不咎！

夫妻之间、朋友之间、亲子之间，当你有话要说的时候，要常想

当一个贫穷的人主动去找富有的人，大家会说他是“攀附权贵”，说他是“贫而谄”。当一个富有的人主动找贫穷的人，人们看了却可能说“这个有钱人真是平易近人，一点架子都没有，真是‘富而无骄’”。

想：“我这话，于事有没有补？既然无补，说了又有何益？”如果你说了，只是图自己爽，或给对方一个羞辱，你得到的结果一定是——恼羞成怒。

你这就是不懂人性啊！

Chapter 9

猪八戒，笨死的！

不要觉得人性可悲，要谅解这就是人类的社会，是有组织、有环节、有伦理、有往来的。记住！一、托错人足以坏事。二、有实力就不要靠关系。

“你的底子比他强，你怎么可能考不上？”赵教授没好气地说，“这个电话我不能打，不是不愿意打，是没有必要打。”

“但他现在是总经理啊！听说最后都由他决定。”小赵急着说，又拉了拉妈妈的衣角。

“是啊！”赵太太就赶紧挤到丈夫的身边，“而且那个吴什么……”

“吴志勇。”

“对！吴志勇总经理，又是你的老学生，还来过咱们家，吃过我包的饺子呢！”看丈夫没反应，“好！你不打，我打，我不信他不给我这个师母的面子。”

“你也不准打。”赵教授把报纸放下，沉声吼道，“我不信，以我儿子的才华，会考不上？”

“不用操心，不找吴志勇，找别人，妈自有路子。”赵太太没跟丈夫争，把小赵拉了出去，接着查电话簿，找到廖学海的号码，拨了过去。

“什么？老师的大儿子考我们公司，您怎么不早说呢？这有什么问题？我明天就去找吴总经理。”廖学海这学生真够意思，“师母您放心，包在我身上。”

第二天，廖学海没上去说，先跑去调出了小赵的卷子，翻一翻，吓一跳：天哪！中英文俱佳，尤其是那个假设题，答得真圆满，想得真周到。廖学海自己的脸都红了，心想：别说比我小廖强了，连吴总经理也没小赵的程度啊！

满怀信心地冲上楼，跟王秘书打了个招呼，就进了吴总的办公室。

“学长！学长！报告你一个好消息。”廖学海进门就喊，“赵教授的大儿子来考咱们公司了。”

“赵教授？”

“是啊！我们的企管教授啊！”

“他儿子这么大了！”吴总翻着桌上的文件，找出报考的名单，“他来考，我怎么不知道？”猛一抬头，“你又是怎么知

一个七八岁的孩子，父母死了都不一定哭，宠物死了却可能伤痛欲绝。为什么？因为他们对宠物付出了爱，他们花了时间、力气去照顾那些宠物，却不曾花时间照顾爸爸妈妈。爱就是这么不公平。他不付出，他就不爱。父母照顾孩子，付出得多，所以父母爱子女远比子女爱父母来得深。

道的？”

“赵师母告诉我的。”廖学海兴奋地说，“你放心，咱们根本不必放水，他考得好极了，这种人才，我们求之不得呢！”

“噢！你都先看过了。”

“对！对！对！”廖学海趋前一步，“当然，还是要由学长决定。”

“你知道就好。”

第二天、第三天、第四天，廖学海每天跑去总经理办公室一趟，先是直接问吴总，看脸色不太好，后来就向王秘书打听：“怎么样？老总批下来没有？”

“还没批下来耶！”每天晚上，廖学海都向师母这么报告。

第五天，还是没消息，站在老妈身边的小赵急了：“可是，可是，我同学项国模说他已经接到录取通知书了。”

“有这回事吗？”电话两头的人都大吃一惊，廖学海更急了，“我明天亲自去找吴总问，他一定搞错了。说句实话，卷子我看过，赵小弟考得好极了，不可能考不上。”

“你又来问小赵的事了，对不对？”

廖学海刚把门拉开一条缝，吴总经理就说话了：“你拿了赵师母什么好处？你不知道不能偷看考卷吗？这是违规的。”

廖学海的脸一下子白了：“我只是看，我可没有动半个字，人事部的人都在场，可以做证啊！”

“对不起！”吴总过来拍拍廖学海，“你也是公司的高级主管，越是主管越得守规矩，所以如果你非要向赵师母报告，就说‘小赵犯了规，没考上’吧！”

你不可不知的人性 ▶▶

答案都在眼前了。

想想，如果赵师母没打电话托小廖，小廖又没上去问吴总，以小赵的本事，会考不上吗？

他当然考得上，不但考得上，而且可能拿第一名；不但拿第一名，而且会特别受尊重。

为什么？

因为当公司上上下下都知道他是赵教授的公子，却完全没靠老子的关系，凭实力自己考上的时候，对他必定另眼相看。

可惜，这步棋走错了。错在师母不懂人性，小廖也不懂人性，更

当你发现一个人爱你，超过爱他自己，甚至为你不惜牺牲自己亲人的时候，也要好好想想，他会不会有一天牺牲你。你愈是成功、强大、有钱、有名，愈要小心这些！

错在这种社会的人情。

中国人很妙，明明有实力，并且靠实力必定过关的事，总觉得再托个人，打个招呼，会更有把握。

岂知道，这招呼如果没打好，明明可以赢的，反而变成满盘皆输，而且输了都不知道怎么输的。

你想，廖学海真会去跟师母报告，只怪他去翻了试卷、犯了规吗？

话再说回来，小赵真会因为小廖犯规而落榜吗？

让我再说个故事吧！

有位国宝级的画家，有一天学生来访，看到老师宝刀未老，佳作频出，就建议：

“老师，您何不在某博物馆办个回顾展？”

“好啊！”老画家居然一口答应了。

学生也就跟廖学海一样，立刻跑去博物馆，找那同样是老画家学生的馆长。

能请这位十多年未开画展的国宝出来，对博物馆而言，是大好的消息。

可是你猜，那馆长立刻同意了吗？

他跟吴总的反应一样，没同意。

他压着，只当没听见这消息。

当有一天，老画家憋不住，自己打电话过去。那馆长却像触电一样，立刻飞车赶到老师的家里，进门就喊：

“哇！太好了！太好了！老师愿意出来办展览了。”

“那个谁谁谁不是早跟你提了吗？”老画家不解地问。

“谁？”馆长歪着头想，“他是来过，可是我不记得他说了啊，他倒说他自己想开画展呢。”然后大声笑起来，“老师啊！您一个电话不就成了吗？干吗要他来说？他算老几？！”

一个故事不够，再讲个我的亲身经历。

有个学校的训导主任在某场合遇到我，问我能不能去她学校演讲。

我是极少演讲的，主要是因为身体不好，很怕答应了学校，到时候却不能出席。所以我说：

“对不起！我不能早答应，除非是下礼拜，因为最近天气好，我不气喘。只是你们临时，恐怕安排不来。”

没想到，那训导主任回去就打电话给原来的演讲者，拜托人家改期，接着跟我敲定时间，并告诉了学生。

然后，她跑去向校长报告这个不错的消息。

既然有以为小角落就比较安全的蚊子，也就有专在小角落下网的蜘蛛。凭什么只能你聪明，别人就不能对准你心理的弱点呢？如果他是“三年不开张，开张吃三年”呢？

故事说到这儿，你也知道下面的结果了，对不对?

如果你知道，表示你了解了人性。

果然，跟吴总和馆长一样，校长说："原来定好的演讲者，不能随便改，这已经上了议事安排，对人家也不礼貌。"

于是，我接到了那训导主任"不知道怎么解说"的电话，又接到一大堆那学校学生抱怨的信。

学生抱怨谁?

抱怨训导主任，因为那主任不敢说是校长不同意，只好自己吃了下来。

过了两个月，我又接到那学校邀请演讲的电话，你猜！谁打来的?

你一定猜对了——校长。

你不能没有的谅解 ▶

这就是人性!

什么叫走门路、托关系?

托关系就是卖人情、卖面子。

面子卖给谁?

卖给我最尊重的人、对我最有好处的人、有一天我有求的人。

如果吴总经理对小廖说“小赵考取了”，有一天赵教授知道是小廖在“穿针引线”，他会感激谁？

凭什么我吴总经理做主的事，要由那廖学海得面子？而且赵教授为什么不找我，去找那小廖！

同样的道理，如果博物馆馆长早早同意了，那老画家会感谢谁？当然是那传话的学生。他只怕还私下赏一张值钱的好画呢！

再想想，当学生由训导主任那儿得到消息，高兴欢呼的时候，如果你是校长，你甚至还不知道发生了什么事，你会高兴吗？

由此可知，你托关系如果托不好，足以坏事。而且当来找你的人，他在办事伦理上没搞好，也会使你受害。

如果国宝级的画家自己不打电话，他不是受害了吗？他不单受害，还可能受辱——

这么伟大的画家，主动要办展览，居然被打了回票。

如果你是老板，你更得小心那最闲的人。发现他没事，你只有两条路——一个是立刻请他走人，一个是立刻使他不闲，你甚至得为他“量身裁衣”。宁可“无中生有”地制造个研究主题叫他去负责，再偷偷地把报告扔掉，也千万别留着这个闲人继续闲下去。

不是受辱，是什么？

所幸，老画家打了电话。

于是，他没受辱，“辱”给了那传话的学生。如果老人昏聩，还可能因此以为学生没办好事情，只想借机图利他自己呢！

同样地，小廖受了辱，训导主任受了辱。

谁要你们瞎揽事情，谁要你们自以为能干呢？

当学生们向主任山呼万岁，就像百姓向打胜的将军山呼万岁，被皇上听到，谁要倒霉？

所以，你不但不能随便托人，而且不能随意揽事。

你要揽，就要揽得有技巧。

譬如，你是小廖，看小赵考得一定能过关，就私下向师母报告：“我看了卷子，一定过关，不必托吴总了。”

于是师母会谢你，吴总不恨你。

又譬如学生去对馆长说：“我看到老师画了不少好画，我是没敢提，提也没用，但我想，如果你打个电话，老师说不定会同意开个展览。”

结果事情办成，老师、馆长都高兴，都感谢这学生在中间牵线。

至于那位训导主任，她如果能回去向校长报告：“今天我遇到某人，他难得出来演讲，但说下礼拜可以。我也看了下礼拜原定的演讲者，可以改时间。现在只要您的一句话了。”

你想，校长会不答应？又犯得着隔两个月再亲自打电话吗？尤其重要的是，校长会高兴这主任懂得工作伦理。

人类的社会就是如此——

一环扣着一环。

仗打输了，明明打仗的是士兵，受罚的却是将领，甚至可能因此掉了脑袋。

同样地，仗打赢了，明明卖命死伤的是士兵，受赏的也是将领，这就叫“一将功成万骨枯”。

一个主管要做主，就要负责，就得背过，就得居功。

当然，有面子，也要由他来卖。

因为今天他给别人一个面子，别人明天也会卖他一个面子，靠这利益交换，他才能往上爬。

回头想，今天你把好处给了他，他私下感谢你，你不是改天也有好处，能往上爬吗？

所以，不要觉得人性可悲，要谅解这就是人类的社会，是有组

“生米煮成熟饭”这句话，你可以说成“反正生米已经煮成了熟饭”，而无奈地接受。也可以讲“小心生米煮成了熟饭”，而常常自我警惕。“子欲养而亲不待”这句话，你可以说成“不是我不养，而是父母不等我”。也可以讲“子不养而亲正待”。你的父母正在等你啊！

织、有环节、有伦理、有往来的。

你也要由前面故事中得到几点教训——一、托错人足以坏事。二、有实力就不要靠关系。三、能自己直接打招呼，就不要求别人在中间传话。四、没事别自己找事，免得到头来里外不是人。

Chapter 10

我们不认这个好朋友

朋友是你的资产！一个失意人，能在一群得意人间谈笑风生、略无惭色，才是有骨气；一个得意人，能在一群失意的朋友间，让人想不到他的得意，才是会做人。

“Make a wish！（许个愿！）Make a wish！”琳琳和盼盼喊道。

小燕歪着头，眯着眼，笑了，然后深深吸口气，把蜡烛吹熄。

“能透露一下你许了什么愿吗？”琳琳问。

“不行！不行！”盼盼把手一挥，“这种wish（愿望）是不能说的，说了就不灵了。”

“不说我也猜得到！”琳琳笑。

“你猜我希望什么？”

“你啊！”琳琳一个箭步，跳到盼盼和小燕之间，一边搂一个，甜蜜地说，“你希望咱们的事业成功！”

“对！事业成功！”

天哪！端蛋糕进来的时候忘记关门，门开了，走进一个人，居然是苏老板。

“苏老板好！苏老板好！”三个人赶快围上前迎接。

“生日快乐！”苏老板对小燕一笑，从背后拿出个小礼物。

“打开来！打开来！”琳琳和盼盼喊。

“能不能？”小燕看看苏老板。

“当然！”

在几双瞪大的眼睛下，小燕很快地撕破包装纸。三个人全尖叫了起来："哇！那么漂亮的链子！金的耶！""是啊！上面还有个小牌子，我看看！我看看！"

"是我的英文名字Christian（克丽丝汀）。"小燕笑了！笑得好媚也好美。

大家正笑呢，门铃响了，又来了一批人："生日快乐！"天哪！公司的老总、副总、企划主任全来了，后面……后面，还跟着作曲者——小豹。

二十八平方米的房子里，一下子挤满了贺客。

小燕跑去准备饮料，被琳琳和盼盼一把拉了回来。

"快！去陪老板，让我们来。"

乐声悠扬地响起，是小豹的曲子，琳琳和盼盼一边端饮料、分蛋糕，一边摇摆。

小燕也由老板身边站起身，走过去，三个人一起摇摆、一起哼、一起唱。

三年了，从音乐系毕业后，她们三个就一起进了这家唱片公司，就一起摇、一起哼、一起唱、一起做"和音天使"。

三个人还合租了现在这间小公寓，彼此照应，一起上班、一起下班。

你也千万别为一下子涌入大笔订单或大批同志而高兴，因为喧宾可以夺主，当宾比主多的时候，就是你做不了主的时候了。

“今天下班我不跟你们一起回去了。”生日第二天，小燕对琳琳说。

“是不是有约会？”琳琳笑笑。

“是不是跟苏老板？”盼盼把脸凑过去，望着小燕的眼睛。

“只是有点公事啦！”小燕没正面答。

“不要太晚回来哟！”“不要夜不归营哟！”两个人笑着拍拍小燕，先走了。

小燕真的差点夜不归营，将近天亮，才咔嗒咔嗒地回来。

琳琳揉着眼睛出来张望一下，没说话，转身进去了。

盼盼也醒了，被小燕洗澡的声音吵醒，就没能再合眼，一直到天亮。

“拜托！下次约会，你早点回来好不好？”“再不然就不要回来。”两个人第二天都表示了不满。

真的，小燕跟着就没回来睡。又过两个礼拜，看她一个人在打包。

“你要搬走？”琳琳和盼盼叫了起来。

“是啊！”小燕不好意思地笑笑，“我真是怕晚回来，吵了你们，还是搬出去比较好。”

“你搬去哪里？”两个人问。

“我租了房子，不远，就在旁边那个新盖好的大楼里。你们可以随时过来，我们还是没有分开。”小燕抱了抱盼盼，又抱了抱琳琳。

小燕果然就搬到旁边。

三个人上班的时候总碰到，只是小燕常有人接，倒也不是苏老板过来接，而是公司特别派来的车子。

“上车！上车！”每次小燕都会叫司机停车，喊两个人上。

“不要啦！不要啦！我们还是习惯搭公车啦！”每次琳琳和盼盼都这么拒绝。

然后，两个人手牵着手，一边走、一边跳、一边唱，唱她们三个人和音的曲子。

又过了一个多月，早上盼盼和琳琳进公司，只见高级主管上上下下地跑，好像发生了什么大事。

跟着来了一批记者。

突然歌声响起，好熟悉的声音，盼盼和琳琳吓一跳，那不是小燕的声音吗？

她们冲到楼上，果然里面灯火辉煌，镁光灯闪个不停。一个妖娆的女孩正在台上又唱又跳。

“是不是小燕？”琳琳问盼盼。

你可以有先见之明，让人佩服，但是千万别在人家没听你劝告而出问题的时候得意地说：“瞧！谁让你不听我的话，你看吧，出问题了吧？”

“很像，又不像。”盼盼眯着眼睛看，“她什么时候灌了这首曲子？”

“灌了曲子？！”

“是啊！”盼盼指指四面墙上的大海报，“今天是新星新曲发布会呀！”

“对！是她，克丽丝汀，我看到她的英文名字。”

正说呢，王副总转过身，瞪了两个人一眼，又把食指放在嘴唇上比了比。

“什么公司秘密武器嘛！”

“根本就是老掉牙的和音天使嘛！”

两个人退了出来，没好气地说：“一下子登天了！怎么登的？谁不知道？！”

琳琳和盼盼辞职了。

老总问都没问，就点了头：“你们离开也好，只是，拜托你们出去不要再乱说话。”

“我们没乱说！”

“可是圈子里传得乱七八糟。”老总皱着眉，“你们和小燕在一起，那么多年，毕竟是好同事、好朋友。”

“谁跟她是好朋友！”琳琳拎起化妆箱。

“是啊！我们没这种好朋友。”盼盼拉着琳琳，“砰”的一声冲了出去。

你不可不知的人性 ▶▶

小燕做错了什么？

答案很简单——

错在她高升了，错在她发了！

我们常骂一个人发了，就眼睛长在头顶上，再也不认老朋友。

其实这句话不全然正确，有时候，也可以说“当一个人发了，老朋友就不再认他”。

因为这是人性！

人不再认老朋友，第一个原因，可能是他不再愿意看到那些老朋友。

这个“不愿见”的情感很复杂。

如果你留级了，你可能不愿看见以前班上的同学，因为看到他们会使你觉得自己矮了一截，看到他们也可能使你再受一次伤害。

如果你离了婚，你可能不再希望跟以前一块玩的夫妻档碰面，

人都有这个毛病——心里藏不住话，尤其当自己对别人有恩的时候，更巴不得对方早早知道。许多人事、生意的消息，都是这样提早曝光，结果坏了大事，或被人抢了功劳。

因为你们“拆了”，他们却依然出双入对。你更可能不希望碰上前夫或前妻的朋友，因为那是“他（或她）”的朋友，既然你已经不再认“他（或她）”，你也就没有必要再认他们。

即使他们喜欢你、认你，很愿意跟你继续来往，你也可能躲着。

因为你会猜：那些人是我前夫或前妻的朋友，他们一定向着“那个人”，他们也可能只是同情我。

除非有一天，你得意了，过得比以前好得多，为了让那些人传给“那个人”听，作为一种报复，你才可能跟他们接触一下。

当然，也可能到那时候，你更不愿意碰到“他们”。

因为你有了新的另一半、新的生活、新的家庭、新的世界，你不希望你的另一半知道你的过去，即使他知道，你也不希望去“提醒他”，让他想起。

风月场所的女孩子更是如此。在“那儿”，她们是好朋友、好姐妹，但是当有一天，她离开了那个地方，就不再相认、不再相见。为什么？因为她要忘了过去，她已经是个全新的人。

是啊！如果你曾经在风月场所上班，有一天你离开了，有了个爱你的丈夫，有了个你心爱的家，有了你可爱的宝宝，你会希望你的邻居、朋友、孩子知道你的过去吗？

监狱里也是一样，当犯人出狱的时候，他为什么不跟典狱长和狱卒说“再见”？

他不是无情，只是他不愿意再回到以前。

进一步想，如果你再婚，你以为你的另一半还希望见到你以前的朋友吗？

只怕他非但不希望见那些人，而且不希望和你去前夫或前妻以前去过的地方。譬如你们以前常去花莲，他可能就不愿意和你再去。

如果他和你去，你指指这里、指指那里，表示你都熟，他会高兴吗？

你每指一个“以前去过的地方”，就让他想起一次“你的过去”。

如果你不识趣地指着某旅馆说：“这里我住过。”

下一句他该怎么说？

问你当年住哪个房间？问你当年是个“一夜三次郎”？或有个“一夜三次郎”？还是，他最好闷闷地不答话？

一个人与旧朋友疏远，也可能因为有了更多的新朋友。

想想，如果有一天你跟小燕一样，由小公寓搬到了旁边新盖的大楼。

你出门，在走廊里遇见新邻居，跟你交换了电话、做了互访；你走出电梯，遇见个老同学，要带你去买新家具，又提及一些老同窗的消息；你到大厅，认识了几位管理员，向你介绍了大楼的福利和管理

如果有一天，你与别人争斗，人家故意闪开……那看来像一念之仁的，其实是百谋之毒。所以，即使你在逃的时候，也应该有组织、有戒备地，以面对敌人的姿势离开。

规则。

你一下子是不是交了一堆新朋友？

当然，其中也包括了你久不来往、要重拾情谊的“旧交”。

我们的一生就是如此“新新旧旧”。

打开电话簿，你会看到密密麻麻的名字和号码。

请问，哪一个不是你认真写上去的？但是到今天，你又和多少人还在往来？

人生本来就是来来往往。你搬了新家，进了新房，有了新工作，也就有了新朋友。

你有多少时间能既结交新朋友，又和所有的旧朋友保持密切联系呢？

于是，在不知不觉中，你和他们渐渐疏远。也不是刻意疏远，而是少了联络。

现在问题来了！

当你一下子结交许多新朋友的时候，你的“心”被许多“新”占据了，你很忙，过得很充实。

回头看看你的旧朋友，他们每天仍然在那个老地方活动，他们每天仍然在那个老时间碰面。

在他们的“不变”当中，有了什么“变化”？

有！是你！

在聚餐时，你总坐的那张椅子空了！

在聊天时，你熟悉的笑声不见了！

他们失落了！彼此问："他去了哪里？为什么不来？"

抬起头，是远远的高级华厦，你去了那边。

请问，他们的感觉会好吗？

他们没变，是你变了啊！

他们还在那儿，是你走了啊！

美国人常说："Out of sight，out of love.（看不到了，也就不再爱了。）"

我在美国教书，见多了！

台湾的新留学生来，如果是女的，总有男留学生抢着去接飞机。许多人接到那女生之后，先帮她寄信、申请电话。

信寄给谁？电话打给谁？

她要打给在台湾的男朋友，而且一边打一边哭。这边这个男生则在外面等，等着带她去买日用品、逛校园、办注册。

你别以为中国人喜欢"临古""师古"，什么都说古人好。你可知道中国文人用什么形容能够创造、发明、自成一家的人吗？他们会说这个人"与古人血战"。血战，多么残酷的词啊！不但与古人战斗，而且要打得流血。

还等着带她去附近的风景名胜游览。

玩着玩着，她给台湾的信少了，电话少了，但是台湾来的信和电话还是那么多。

她不再放不下电话，她甚至会劝那一头的人：“省点钱！少说几句吧！”

因为另一个人正在楼下，坐在车子里按喇叭。

下面还说什么呢？

说得难听一点——远水救不了近火。

说得好听一点——因为不在同一个世界了。

“不在同一个世界”，这句话可以解释一切。

当你发了，你的出手阔了，场面大了。你虽然不忘旧情，总找以前的朋友一起出去玩，问题是，他们能不能跟你一样出手呢？

就算你够朋友，为他们出钱，换作你是他们，你又会愿意一次又一次接受招待吗？

当你和他财力相差非常多的时候，你还可能愿意；但是当你虽不及他，却又差得不太远的时候，你就会想：

“我不敢高攀！”

你越是像小燕、琳琳和盼盼一样，原来平起平坐，而今阶层有了变化，你越会吃醋，也越会躲避。

这就是人性！这也就是“当一个人发了，老朋友就不再认他”的道理。

你不能没有的谅解

有个女士对我说，她丈夫过世后，以前总在一起玩的一对夫妻，丧礼完，就再也没去看她。

有时候，她甚至觉得那对老朋友在避着她，即使到她邻居家，也不顺路过去探望一下。

她很气，认为“人在人情在”，丈夫死了，朋友就不认她了。

过了几年，那家的丈夫也死了。

居然没隔几天，那女人就去看她。“你知道你丈夫死了之后，我们为什么没来吗？”那女人拉着她的手说，“我们其实好想来。但是我丈夫说，你丈夫生前向他借过钱，恐怕你知道。”

她点了点头：“我知道。”

那女人笑笑：“我们很怕我们来会让你想到那笔钱，以为你丈夫死了，我们急着来讨债。”

那女人丈夫的遗言是“钱没多少，不必还了”。

那些莫名其妙，只要开刀就一定先送医生礼物的病人，你说希望医生给你缝漂亮一点，是不是表示不送礼，医生就会缝丑一点？如果医生确实如此，表示一定有人倒霉，表示医生没有尽责。如果医生不受影响，你送，又有什么用处呢？

看了这故事，你想想，换作你，当那对老朋友不再去看你的时候，你是不是也会一样地怨他们，甚至骂他们？

同样的道理——

某人正念大学的儿子，因车祸而死。儿子生前总到家里玩的同学，便再也不上门。儿子的女朋友也不见了。

当你骂他们“不够朋友”的时候，是不是也该想想，就算他们上门，又如何？

你原本淡忘了儿子的死，看到那些年轻人还生龙活虎，你是不是又勾起感伤，拉着他们，又落了泪？

他们见你哭、看到你墙上挂的照片，是不是也要伤心？

人性在这时候，就可能躲避。不是他们无情，是因为他们不知“如何自处”，也不愿“勾起彼此的伤痛”。

当你的事业失败，那些以前的老朋友就避不见面，不也有同样的可能吗？

往坏处想，他们怕你伸手借钱。

往好处想，他们怕伤了你的自尊。

往坏处想，他们不再找你出去玩。

往好处想，你倒了、穷了，还能维持过去的排场吗？

他们拉着你，要不要你出钱？不要你出钱，会不会伤你的自尊？

再往另一个角度想——

他们找你，你打肿脸充胖子，有必要吗？

大树被吹倒了，扶起来之前，先得把枝子锯掉一些。

当有一天，你不如意了，千万不要去硬撑场面。那样做，你累，别人也累；钱累，心也累。

碰到老朋友，你也不要躲避。你可以坦白说出自己的处境："我穷了，玩不起了。"

人家要请你，你可以说："我现在必须把握每一分钟，想办法东山再起。"

于是，你穷，但穷得有志气，穷得不畏怯。

跟那些老朋友相处，你能很泰然，他们也能很坦然。

"十年河东，十年河西。"每个人都有得意时，也有失意时。

老朋友发了，不见了，要想："他忙。"

老朋友垮了，避不见面，要想："他难。"如果你不得意，千万别猜朋友躲着你，否则你只可能更孤立。

如果你很得意，遇到以前的朋友，千万少谈眼前，多谈过去，别人才会觉得你仍然念旧。

朋友是你的资产！

一个失意人，能在一群得意人间谈笑风生、略无惭色，才是有骨气；一个得意人，能在一群失意的朋友间，让人想不到他的得意，才

这世界上没什么是"非有不可"的，也可以说"就算人都死光了，明天太阳还是会从东边出来"。

是会做人。

想想，前面故事中，琳琳和盼盼离开得多尴尬？

小燕越成功，越显得她们失败，不但事业失败，做人也失败。到了别家公司，人们会怎么说？小燕如果成名，会不会找她们和音？

就算找她们，她们又怎么回得去？

相反，如果小燕主唱，她们和音，用最美的声音、最快乐的笑容、最祝福的眼神，为自己的好朋友撑腰，表现出“以她为傲、以她为荣”的胸怀，人们会说：“只因为有这两位好朋友的陪衬，小燕才能展现潜能，她的成功是‘她们’的成功。”

这又将是多么温馨的画面？

后记

人性的地狱与天堂

你说这里面，谁是好人，谁是坏人？谁对，谁错？

《你不可不知的人性》写到这儿，已经八万字，意犹未尽，就再说三个小故事吧！

第一个故事

一九九七年十一月，由于陈进兴和高天民四处强暴杀人，全岛都人心惶惶。

突然，民众报案，说在北投看见高天民。大批警察赶去，但是被高天民发现，他从马路旁边纵身跃入下面的小溪和竹林。等警察想办法追下去时，他已经没了踪影。

电视上播出一大批警察搜山的画面时，我正在朋友家做客。

“狗屁警察！孬种警察！人家高天民一跳就下去了，警察不敢跳，不要脸！”朋友的太太咬着牙骂。

“可不是吗？”我笑笑，问她，“可是如果今天那警察是你丈夫，你怎么说？”

她怔了一下，笑起来：

“要是我丈夫啊！我就打电话叫他别逞强！快回家！”

第二个故事

有一天，台北市的某广场举行慈善团体的募款活动，我去了，并在募款会结束之后到附近逛逛。

“您是刘先生，对不对？”有个工艺品店的小姐认出我，又歪着头指指我，“我知道了！你是来参加募款大会的。”

“你也知道广场上有募款会呀？”我惊讶地说。

“当然！我也去了一下，还捐了钱呢！”她掏出一张捐款的收据给我看，又带我参观她的工艺品，“刘先生买一个吧！算您特价。”

我买了，没还价就买了，相信一定不会贵。

但是，才走几步，看见另一个工艺品店的橱窗里放着一模一样的东西，只要四分之三的价钱。

第三个故事

我去水果摊买水果。

老板不在，一个十岁左右的小孩看店。

“小弟弟，你看这两种梨，哪种比较好？”我问那小孩。

“右边这个！”他想都没想，就指了指。

“平常要小题大做，目的是免得出大事；真出了大事，我还能骂吗？应付问题已经来不及了，这时候需要的反而是冷静，把问题解决。在重要关头发怒，只可能弄得更乱、错得更多。”

刚说完，老板进来了，跟我打个招呼，我又问一次：

“老板啊！你看我该买哪种梨？”

“当然左边这个！”他也想都没想，就指了指。

我笑了：“可是刚才小弟弟告诉我右边的比较好耶！”

“啪”！他突然打了小孩一巴掌：“这是刘伯伯，好朋友，要说实话！”

好！故事说完了，你说这里面，谁是好人，谁是坏人？谁对，谁错？

人性就是这样，常没有绝对的对与错。如著名作曲家王洛宾说的——别人为你拍照，他的镜头偏右，拍出来，你就是“左派”；一下子他的镜头偏左，拍出照片，你又成了“右派”。

焚化炉一定要建！核电厂一定要盖！

你很客观，讲得一点没错。

但是跟着发现你家旁边在整地。

打听之下，大惊失色。

当天，你的说法就有了改变；下一周，抗议的队伍里就有了你。

你跟第一个故事中的那位太太有什么不同呢？

看到电视里灾民的影像，你会落泪，捐款专线的字幕出现，你赶快抄下，然后拨通，捐钱。

你去打禅七，去布道会，去清修，去告解。

问题是，第二天早上，你走进办公室，该争的、该吵的，嫉妒的、贪婪的，你改变了多少？

第二个故事里的女店员不也一样吗？

至于第三个故事，如果你是我，你相信那孩子，还是相信那老板？

无论你相信谁，都是可悲！

相信孩子，你会为孩子悲，因为他说实话还要被揍，而且父亲当着他的面撒谎。

相信父亲，你也要为孩子悲——为什么小小年纪，就学会了撒谎？是谁教他的？

问题是，当我们教育小孩的时候，是不是正犯着同样的错？

梁启超在他的家书里写得好——

“其实我们大家都是在不断再生的循环之中。我们谁也不知道自己一生中要经过几次天堂和几次地狱。”

可不是吗？

何必等死后去天堂和地狱？如果真有天堂和地狱，我们应该说：

“不识相”就是不懂得看面子，别人给脸的时候不要脸；别人给台阶的时候，又不顺着台阶下。同样地，当别人要脸、要台阶的时候，你不给他，也是不识相，因为你造成彼此的尴尬。

“在活着的时候，心里常有天堂的人，死后也可能上天堂；在有生之年总是心里有鬼的人，死后也可能下地狱。”

我们其实在今生就不断在心里挣扎。

住在地狱，想着天堂；住在天堂，又想着地狱，更进一步则是——自己住在天堂，却把别人推入地狱。

我们研究所的一个教授很会算命。

有一天，他坦白地说：

“哎呀！我哪里会算命，只是懂得人性啊！我只要把一个人拉到一边，小声对他说：‘我看你的相，就知道你这个人太热心，结果不但没得好报，还总是因为说话太直，得罪了人。你的朋友都亏欠你……’”

那教授得意地问：“换作你，我对你这么说，你是不是也要猛拍一下大腿，说：‘是啊！您真是说得太准了！’这就是人嘛！”

对！这就是人，总觉得别人欠自己的。

人人都这么感觉，所以反过来想，就成了“我们总是欠别人的”。

看完这本《你不可不知的人性》，我希望你也能反过来想想：“自己有没有亏欠？自己的人性又如何？”

当你叹人性可悲的时候，也能想想自己的“卑微”与“悲哀”。

此外，如果你是我的老读者，一定知道当我出一本辛辣的处世书的同时，一定也会写一本深情之作。

这样做，是为了让作品平衡，也是为了使我自己平衡。所以我今天写得越辛辣、越无情，明天写得就越温柔、越多情。

那是“理性”与“感性”，也是“地狱”与“天堂”。

“入世”常是为了“出世”；走过“地狱”，常是为了进入“天堂”。

处世书带来的应该不是喧哗，而是宁静；不是愤世，而是达观。

图书在版编目（CIP）数据

你不可不知的人性 /（美）刘墉著. --长沙：湖南文艺出版社，2017.1（2022.6重印）
ISBN 978-7-5404-7872-8

Ⅰ.①你… Ⅱ.①刘… Ⅲ.①散文集—美国—现代
Ⅳ.①I712.65

中国版本图书馆CIP数据核字（2016）第289484号

上架建议：励志·成功心理学

NI BUKE BU ZHI DE RENXING
你不可不知的人性

作　　者：[美] 刘　墉
出 版 人：曾赛丰
责任编辑：薛　健　刘诗哲
监　　制：吴文娟
策划编辑：董　卉　吕晓如
特约编辑：宋　歌
版权支持：刘子一
营销编辑：闵　婕　傅　丽
版式设计：李　洁
封面设计：利　锐
出　　版：湖南文艺出版社
（长沙市雨花区东二环一段508号　邮编：410014）
网　　址：www.hnwy.net
印　　刷：三河市天润建兴印务有限公司
经　　销：新华书店
开　　本：880mm × 1270mm　1/32
字　　数：116千字
印　　张：5.25　插　页：8
版　　次：2017年1月第1版
印　　次：2022年6月第5次印刷
书　　号：ISBN 978-7-5404-7872-8
定　　价：29.90元

若有质量问题，请致电质量监督电话：010-59096394
团购电话：010-59320018